www.jollibre.com

Carrer de les Ciències, 73 (Districte econòmic Plaça d'Europa)
08908 L'Hospitalet de Llobregat
Telèfon: 93 230 36 00

ISBN: 978-84-16661-51-0
Dipòsit legal: M-1258-2017
Printed in Spain – Imprès a Espanya

Segona edició: febrer de 2020

Directora de la col·lecció:
Maite Malagón
Editora executiva:
Yolanda Caja
Direcció d'art:
José Crespo i Rosa Marín
Projecte gràfic:
Marisol del Burgo, Rubén Chumillas, Rosa Marín, Julia Ortega
i Álvaro Recuenco

Operació Kyoto

Àngel Burgas

Il·lustració de la coberta de Josep Rodés

jollibre

Una passejada pel meu primer Londres amb l'estimada Carme Gifre i la seva amiga Giovanna.

Vull agrair a en Jordi Mitjà el regal que em va fer: una màscara autèntica de lluitador mexicà.

1

Quan vaig néixer, la mare era una autèntica fanàtica dels horòscops i les cartes astrals. Havia viscut un parell d'anys a Londres i allí, pel que ens ha explicat milers de vegades, va fer un grup d'amigues d'arreu del món que anaven boges per l'astrologia, el món de les fades i les endevinadores del futur. També, i això sempre ho explica amb veu fluixeta i com demanant disculpes, havia provat un munt de substàncies «il·legals», així ho diu ella, fent amb els dits com si posés cometes a la paraula. «Il·legals, però del tot naturals», precisa.

–I tot el que és natural no és dolent. Els efectes són els que són, però si la natura ho ha creat, per alguna cosa serà. I hi haurà qui en farà mal ús, és clar. Però la natura és sàvia.

–Drogues. Vols dir que prenies drogues –la corregeixo jo.

–Vull dir el que dic. Substàncies «il·legals», però naturals.

–Drogues.

La mare s'encongeix d'espatlles i continua el relat de les experiències que va compartir amb la colla internacional de sonades. Una d'elles era italiana, la Giovanna, que era la guru o iniciadora experta. Hi havia també la japonesa, la Yoko, que en realitat no es deia Yoko, però que es feia dir així en homenatge a Yoko Ono, una artista molt important als anys seixanta del segle XX i que es va casar amb en John Lennon, el dels Beatles. La Yoko tenia visions, segons la mare. Visions extrasensorials que feien posar els pèls de punta, i riu-te'n de pel·lis com *The Ring* o *Two Sisters*. Els orientals sempre han tingut una dèria especial per a les visions i les fantasies més esgarrifoses i, segons la mare, tot el que la seva cultura té d'introspecció, meditació i espiritualitat, també ho té de sanguinari, horripilant i fantasmagòric. La Yoko creia en el poder de les cartes, el de les bruixes, el de les fades i el de l'oracle. Segons el meu parer, si dic la veritat, tot devia ser producte de les ingestions d'estupefaents i psicoestimulants, de les teràpies naturistes, del shiatsu i de les festes que devien muntar al pis on vivien la mare, la Giovanna, la Yoko i un parell més, una belga i la murciana. Perquè n'hi havia una que era de Múrcia, la Belén, que estudiava anglès i feia qualsevol feina per pagar-se els estudis i l'allotjament, i una setmana era cambrera i l'altra netejava una botiga, i la tercera feia de cangur als nens d'un matrimoni al barri londinenc de Notting Hill. La Belén era la que posava més en dubte els avantatges de la màgia, la nigromància i les cartes astrals. S'apuntava a les festes i a les substàncies «il·legals» precisament per això, perquè eren festes i s'hi consumien substàncies, encara que les organitzessin i financessin aquell grapat d'esbojarrades de la cort del mag Merlí. La Belén, segons la mare, tenia un tercer motiu de gaudi a les festes: la presència d'homes joves a qui convidaven les sonades de la quarta dimensió a les festes iniciàtiques. Si hi havia molt poti-poti en aquelles festes, poti-poti sexual, s'entén, no ho sabré mai, perquè la mare només parla de les substàncies, les sessions d'espiritisme, la lectura del tarot i els homes que es lligava la murciana.

–Segur que les altres lligàveu tant com ella...

–Què dius ara! Les altres érem unes pàmfiles en aquest aspecte. La Belén ens passava la mà per la cara a totes, i sempre s'enduia els paios de més bon veure. Tenia un sisè sentit per a aquestes coses, la Belén.

–I ella no consumia res? Només anava per feina?

–Ella feia el mateix que fèiem les altres, però al

final acabava amb companyia masculina, no com la resta, que havíem de passar la mà per la paret.

La mare es queda uns segons amb la mirada perduda i després nega amb el cap.

–Qui ho hauria de dir, no et sembla? Compares Barcelona amb Múrcia, o Tòquio amb Múrcia... I ja veus, la murciana arrambava amb tot, i les altres...

Quan la mare va tornar a Catalunya va deixar de banda les substàncies «il·legals», però va continuar, i fins i tot enfortir, l'afició per les arts endevinaires i el món dels astres i les fades. A Barcelona va rebre la visita de la Giovanna més de vint vegades; de la Yoko, només un cop, i de la murciana, dos cops. A la belga no la va veure mai més, fins i tot havia oblidat com es deia. La Yoko i la Belén la van visitar quan jo encara no havia nascut. La Giovanna la conec; de fet, és la meva padrina, i sempre que apareix per la ciutat ve carregada de regals per a mi i estris o paperassa esotèrica per a la mare. La mare s'ha desvinculat una mica de tot el món fantasiós de la seva amiga de l'ànima, i em sembla que es limita a seguir-li el corrent quan l'altra li parla del submon de les fades i la convergència de constel·lacions i signes del zodíac. La seva passió de jove s'ha anat refredant ara que té feina, i marit, i un parell de fills amb qui compartir el dia a dia. De tant en tant es compra la figureta d'una fada, o una carta astral d'antiquari, o algun llibre sobre mitologia. Mai no l'he vista consumint cap substància «il·legal», i, si ho ha fet, jo no era al davant.

El dia del meu catorzè aniversari la mare em va donar una felicitació que havia arribat de Londres i havia enviat la Giovanna. La meva padrina s'havia quedat a viure a Londres quan totes les altres havien tornat als seus països d'origen. Ella va decidir que de la gran ciutat cosmopolita no la movia ningú, i allí s'ha quedat fins ara. La postal de la Giovanna l'havia dibuixada ella mateixa: catorze espelmes, una darrere l'altra, i al final de la cua de flames, un avió. Dins l'avió s'hi veia el meu cap, retallat d'una foto. Abans de tenir temps d'imaginar-me el significat d'aquell dibuix, la mare em va allargar un bitllet d'avió a nom meu, Barcelona-Londres, Londres-Barcelona, per al primer cap de setmana de maig.

–Tens una padrina generosa.

–Londres!!! Òndia, mare!!!

–Els temps canvien, Pol. Jo hi vaig anar als vint-i-tres. Tu hi aniràs als catorze.

–Però jo no sé si podré provar substàncies «illegals».

–Això ho deixarem al bon enteniment de la teva padrina.

La mare va telefonar a la seva amiga per donar-li les gràcies, cosa que també vaig fer jo a continuació. La Giovanna estava molt contenta que hi anés, i em volia mostrar un munt de llocs. «No pararem, ja cal que vinguis preparat per a jornades llarguíssimes». Quan vaig tornar a passar el telèfon a la mare, i abans de desaparèixer cap a la meva habitació, vaig tenir temps d'escoltar la súplica.

–Giovanna, a veure si aprofites ara que el tindràs a la vora i me li fas un estudi. En Pol passa d'aquestes coses, però a mi em faria gràcia saber com se li presenten els astres.

–A mi no –vaig cridar.

–Tu a callar –va fer ella, rient, i se'n va anar amb el telèfon cap a la cuina.

Em va faltar temps per explicar-ho als amics de la classe. Me n'anava a Londres un cap de setmana, sense els pares ni la Diana. La majoria opinava que la cosa no pintava gens malament. Alguns em volien fer encàrrecs, i jo els vaig dir que OK, però la pasta per endavant. Alguns van simular indiferència: pura enveja. En Dani va voler saber si la padrina era aquella sonada de les bruixes, i li ho vaig confirmar. Després va voler saber si era la mateixa de les drogues.

–Substàncies il·legals però naturals, noi. I això va ser fa molts anys. I jo en tinc només catorze, Dani.

–Però ves a saber. Potser ella es va iniciar a la nostra edat.

–No ho sé, Dani. Imagino que la meva padrina trobarà coses més interessants a fer a Londres durant el cap de setmana que no pas iniciar un jove de catorze anys en el consum de substàncies il·legals...

A la Diana, la meva germana petita, no li va semblar excel·lent la idea del regal de la Giovanna. Més que res perquè era un regal per a mi i no per a ella.

–Potser quan tu en facis catorze...

–Encara falten cinc anys.

–Paciència. Fer-se gran té els seus avantatges.

–Té tots els avantatges!

El pare, mentre sopàvem, em va fer moltes recomanacions sobre els llocs de Londres que no em podia perdre de cap de les maneres: les cases del Parlament amb el Big Ben, Piccadilly Circus, l'abadia de Westminster, Hyde Park, la National Gallery i les seves obres d'art clàssiques, i la Tate Gallery, i l'espectacular Tate Modern amb obres i instal·lacions d'art contemporani...

–Pare, només és un cap de setmana. I a més a més tindré guia particular.

–No te'n refiïs de la padrina, Pol. Si per ella fos, us faríeu un fart de recórrer paradetes de *hippies* i botigues naturistes...

–No siguis exagerat, Guillem! –el va fer callar la mare.

–I *coffee shops* –va dir la Diana sense aixecar els ulls del plat.

–Què vols dir amb *coffee shops*, merdosa? –li va preguntar el pare–. Què en sabràs tu, de *coffee shops*?

–Els *coffee shops* són a Amsterdam –vaig apuntar jo.

El pare va donar un cop a la taula i ens va mirar arrufant les celles.

–És cert el que estic escoltant? Els meus dos fills, de nou i catorze anys, divagant sobre el tema dels *coffee shops* a taula? Que si són a Amsterdam o a la Xina?

A continuació, va girar els ulls cap a la mare.

–Em vols dir si això és normal, Sara?

–No sé a què venen aquests escarafalls, Guillem. Els meus fills són gent moderna, que viuen en una societat moderna i estan al cas de les coses que passen en una societat moderna...

–A la Xina fumen opi –va dir la Diana.

El meu pare la va mirar amb els ulls fora de les òrbites.

–Ho he llegit a *La volta al món en vuitanta dies* –va afegir la meva germana, encongint-se d'espatlles.

–Aquesta nena té la capacitat de treure'm de polleguera –va fer el pare.

–Aquesta meva nena arribarà lluny, Guillem –va dir la mare, i va picar l'ullet a la Diana.

La mare és il·lustradora de llibres infantils. Té l'estudi a casa, amb una gran taula sempre plena de dibuixos i pots de pintura. En un raconet, al costat de la biblioteca, hi té el que ella anomena el «Saló de lectura», amb dues butaques còmodes i una tauleta baixa. Nosaltres hi tenim accés des que érem ben petits. A la mare no la destorba gens que la meva germana i jo seiem a llegir mentre ella treballa. Tot al contrari, diu que es concentra millor quan un dels seus fills és a la vora, submergit en les històries d'un llibre que ella tard o d'hora pot il·lustrar. La mare té moltes teories estrafolàries que li venen, segons el pare, de la seva etapa a Londres.

–Hi ha un món real, que és el de la vida quotidiana, i un altre món eteri, que és el món dels llibres i la literatura. Tots dos es comuniquen i són vitals per sobreviure. És màgic quan els dos mons coincideixen en el temps i en l'espai. I això passa quan algú llegeix. El lector seu en un racó del temps real, assegut en una butaca real, davant un objecte real que es diu llibre i és de paper i té pàgines i té pes. Però el seu cap no és al món real, sinó a l'eteri. El cos és aquí i el cap és allà, a l'altra dimensió. I és aleshores que els dos mons conviuen i es toquen. I aquest fet provoca una mena de reacció estranya que es condensa en l'ambient i fomenta la creativitat, tant la del que llegeix com la del que observa el lector. Quan un dels meus fills llegeix o dibuixa al meu costat, el món eteri se'm fa respirable, com si es materialitzés d'alguna manera, i en aquell moment jo em sento més capacitada per representar les imatges de les històries que il·lustro. És estrany, però és així.

Quan nosaltres llegim a l'estudi de la mare mentre ella està asseguda a la taula dibuixant, en realitat no passa res d'especial. De fet, la mare ni ens mira: té els llapis i pinzells a la mà, i està concentrada en els seus dibuixos. Però resulta que dels mons inventats on nosaltres penetrem a través de les pàgines del llibre, li arriba una mena d'energia que li facilita l'execució de les seves pròpies obres.

–Ja l'he acabat –pot dir la Diana quan ha arribat al punt i final d'un llibre.

–T'ha agradat, reina? –li demana la mare sense ni tan sols aixecar els ulls del seu full de paper.

–Molt.

–Explica'm què t'ha semblat.

Aleshores la meva germana li fa un resum de la trama i comenta allò que més li ha agradat de la història. La mare l'escolta sense mirar-la, amb el tors vinclat damunt la taula on té el dibuix a mig fer. Potser la Diana ha llegit una novel·la d'aventures escrita al segle XIX i la mare il·lustra un conte escrit per una noia d'avui en dia, però, tot i així, la

interrelació dels mons eteri i real esdevé energia i li transmet pau i confiança en la feina.

La mare, sense treure els ulls de les formes que defineix amb el llapis o el pinzell, escolta les paraules dels seus fills lectors, que encara no han abandonat del tot el món eteri dels llibres que acaben de llegir, les històries de la literatura, les mil i una formes de la ficció. I la mare se sent segura, acompanyada, com si en John Silver de *L'illa del tresor* fos allí amb ella, auxiliant-la en la difícil tasca creativa; o en Massagran, o els Senyors del Temps de *Momo*, o en Miquel Strogoff, o el Fantasma de l'Òpera, o ves a saber quants personatges inventats del món de la ficció que li fan costat i admiren, fent-li rotllana al voltant de la taula, com ella fa néixer altres personatges de ficció que passaran a formar part del món eteri de la fantasia.

2

La mare m'esperava dins un taxi davant l'escola. Vaig sortir corrent entre els crits dels amics que em desitjaven bon viatge. El taxista ja sabia que ens dirigíem a l'aeroport i a aquella hora, just abans de dinar, no hi havia gaire trànsit a la ciutat. La mare m'havia preparat un parell d'entrepans perquè me'ls mengés abans d'embarcar a la sala d'espera del Prat.

–No confiïs que et donaran res de franc a bord. Això era abans; ara els bitllets els pots aconseguir més barats, però si vols tenir la boca distreta has de pagar.

Vam arribar amb prou temps per fer el *check-in* sense pressa ni nervis. La mare s'enduria la motxilla amb els llibres, i jo agafaria la que m'havia preparat ella amb la roba neta i planxada que em posaria el cap de setmana. La motxilla en qüestió tenia les mides justes per poder-la pujar a l'avió, i així m'estalviaria l'estona d'espera al túnel d'equipatge a l'aeroport de Heathrow.

–La Giovanna serà allà, esperant-te. Si pel que fos es retardés, tu no et preocupis.

–Ja ho sé, mare.

–I, si vols, em truques. La companyia de telefonia m'ha assegurat que no tindràs problemes amb el mòbil, i que de seguida que aterris tindràs línia amb una companyia anglesa.

–OK, no pateixis.

La mare, en realitat, no era gens patidora. Ni pels seus fills ni per ningú.

–Jo parteixo de la confiança. Si tinc confiança en algú, no pateixo per res, precisament per això, perquè hi tinc confiança. Jo confio en els meus fills. Sé com són i com reaccionaran davant certes circumstàncies. Aleshores estic tranquil·la.

Però, de fet, aquest viatge a Londres era el primer que feia tot sol, i això la devia neguitejar una mica, per molta confiança que em tingués. Així li ho vaig dir quan es va passar anunciant a l'hostessa del *check-in* que jo tenia catorze anys i que viatjava sol.

–Perdona, Pol, potser sí que n'he fet un gra massa. El problema no és que no confiï en tu, sinó que no les tinc totes amb el fet del viatge. Els imponderables, vull dir. Ara imagina que la Giovanna es posa malalta i no pot venir...

–Mare, no ens passem...

–Ja ho sé, soc una mica exagerada... O que hi hagi retencions a les carreteres del voltant de Londres, o una vaga de taxis, què sé jo. Ara imagina que et quedes sol a l'aeroport, sense tenir lliures... No m'hauria costat res canviar algunes lliures, Pol. No sé per què vaig fer cas a la teva padrina...

–Mare, ja n'hi ha prou.

–Està bé. No he de patir. Tot rutllarà. Però truca quan arribis i que s'hi posi la Giovanna.

–Així ho faré, mare. De tota manera, si la Giovanna té un accident i no arriba a temps i em segresta un màfia de pervertits amb la intenció de vendre'm o treure'm un ronyó, et telefonaré igual. I et passaré amb el *capo* perquè t'expliqui la situació.

–Aquest tipus de bromes són les que fan saltar el teu pare, Pol... –va dir ella, i de seguida vam apropar-nos a un monitor per assegurar-nos que la porta d'embarcament era la que havia dit la noia del *check-in*.

Ens vam acomiadar amb un somriure quan jo ja havia lliurat el DNI als policies i la meva motxilla havia passat pel detector. Li vaig fer adeu amb la mà, i a continuació un gest perquè se n'anés, i vaig mirar els cartells anunciadors tot buscant la meva porta. Faltaven vint minuts per accedir a l'avió i vaig seure en una butaca amb el llibre que m'havia endut a les mans.

El vol va ser més que correcte. Vaig confirmar el que deia la mare, que ja no et donen menjar a bord. Bé, em van donar una galeta, tot un detall. A la butaca del costat hi seia una dona de l'edat de l'àvia Mercè, que llegia un exemplar de l'*Hola* en anglès. De tant en tant, quan s'adonava que jo l'observava, els seus ulls abandonaven els fulls setinats de la revista i em somreia. No vam intercanviar ni una sola paraula.

Mentre baixàvem de l'avió vaig engegar el mòbil. La mare tenia raó: de seguida vaig rebre un missatge conforme havia canviat automàticament de companyia. La major part dels meus companys de vol havien de passar a recollir l'equipatge. Jo, en canvi, vaig guiar les meves passes cap a la porta on deia *Exit*. Un munt de gent esperava l'arribada dels passatgers i vaig estirar força el coll per buscar la meva padrina. La Giovanna era tirant a baixa, pèl-roja; solia portar vestits extremats, peces llargues de colors vius, i penjolls, i serrells als camals o a les mànigues de les camises i caçadores. En veure'm es posaria a xisclar com una beneita, com feia sempre. Vaig caminar a poc a poc, però no vaig sentir cap cridòria: la Giovanna no havia arribat encara i em tocaria esperar. Ho vaig fer en un racó, a la vora de la porta per on sortien ja els meus companys de vol un cop recollit l'equipatge. La veritat és que et sents una mica estrany quan ningú t'espera a la sortida d'un avió, i encara una mica més patètic quan fas cara d'esperar que algú et reconegui sense que això es produeixi. La senyora somrient que se m'havia assegut al costat a l'avió va sortir per la porta i va rebre l'escridassada feliç d'un parell de nens més petits que jo mentre ella els saludava amb les mans. Quan va passar pel meu costat, em va dedicar encara un darrer somriure, aquest amb un deix de pesar.

Tot d'una, quan feia potser un quart d'hora que esperava palplantat al meu racó, se'm van acostar tres homes. Tots tres eren orientals, anaven vestits impecables de negre i el més baix em doblava l'estatura. Caminaven al compàs, passes llargues i segures, i no els importava empentar amb els seus cossos enormes la gent que els feia nosa. Sense cap mena de dubte, venien cap allà on jo esperava. Es van aturar alhora, i van formar una mena de barrera física entre jo i l'espai que m'envoltava. Vaig alçar el cap com preguntant què volien, una mica a la defensiva.

–Ets en Pol? –em va demanar un d'ells, en anglès.

No me'n sabia avenir. Vaig assentir amb un cop de cap.

–Segueix-nos, si us plau.

Ja estava a punt d'agafar la motxilla del terra quan vaig avaluar, confós, la situació.

–Qui són vostès? –vaig demanar.

–Em dic Eagle –va anunciar el que havia parlat fins aleshores–. Si tu ets en Pol, només cal que ens segueixis.

–Per anar on? Jo estic esperant la meva tia.

La Giovanna no era la meva tia, és clar. Però vaig pensar que una relació de sang amb la persona que esperava s'esqueia més amb la situació estranya que em tocava viure a l'aeroport de Heathrow. Cap dels tres va reaccionar a les meves paraules. Se'm van quedar mirant sense immutar-se.

–La meva tia em vindrà a buscar aquí.

–La teva tia? –va preguntar el segon dels tipus.

Vaig assentir amb el cap. Els tres paios semblaven sortits d'una pel·lícula americana, agents de l'FBI o pinxos ensinistrats d'algun gàngster del Bronx. Però el cas era que sabien el meu nom, i sabien que jo acabava d'arribar en un vol... Tot tenia un punt de sinistre que hauria fet patir la mare. Què tenia a veure la Giovanna amb aquells paios ben vestits?

–La teva... tia –va fer el que havia xerrat primer; i aquell «tia» sonava entre cometes, igual que feia la mare quan accentuava l'adjectiu «il·legal»– no ha pogut venir personalment a buscar-te, Pol. Hi ha hagut canvi de plans.

Abans de tenir temps de preguntar quins eren aquests canvis, la muralla que formaven els tres orientals es va dividir, dos a una banda i un a l'altra, per permetre'm observar, meravellat, com s'acostava a nosaltres una dona imponent. La gent que s'amuntegava al voltant de la barrera de seguretat, davant la porta de sortida de passatgers, també s'havia apartat una mica per deixar passar aquell tros de dona que, amb passos tipus model de passarel·la, s'apropava allà on jo esperava. Duia una jaqueta molt curta de pell negra i lluent i una faldilla de tub. Unes botes negres altes fins als genolls, una bosseta de peluix blanc que es balancejava en caminar, i unes ulleres de sol fosquíssimes i de muntura platejada completaven la caracterització. Duia el cabell tallat a l'estil Cleòpatra, amb un ble grisós a la banda esquerra. Amb la mà dreta sostenia un cigarret, i amb l'esquerra feia saltar les claus d'un cotxe.

Quan va ser davant meu, custodiada pels tres homes de negre, la dona es va treure les ulleres. Era oriental també, d'edat indefinible. Uns llavis molsuts pintats d'un fúcsia estrident es van obrir per pronunciar el meu nom.

–Pol.

Vaig assentir novament amb el cap. No em podia creure que allò m'estigués passant a mi. La dona, un cop pronunciat el meu nom, em va regalar un somriure seductor.

–No sé si has sentit a parlar mai de mi –em va dir en anglès, vocalitzant bé perquè pogués entendre-la–. Suposo que sí. Soc la Yoko, una vella amiga de la Giovanna.

La Yoko! La famosa Yoko en persona!

–Sí, la conec! La meva mare també m'ha parlat de vostè!

–Van ser uns anys fantàstics –va murmurar en un to estrany i sense el somriure als llavis.

La Yoko va fer un gest als seus acompanyants i aquests es van retirar unes passes.

–Espereu-me al cotxe –va ordenar mentre els llançava les claus que fins aleshores havia fet saltar al palmell de la seva mà.

Els tres homes, caminant al compàs i amb el mateix ritme, es van dirigir cap a la porta de sortida.

–La Giovanna està enfeinada. Estic passant uns dies a casa seva, i m'ha demanat de venir-te a buscar. Ens espera a casa.

–Molt bé.

Vaig recollir la motxilla. Tenia unes ganes boges de trucar a la mare i donar-li la notícia. Vaig pensar, mentre començava a caminar al costat d'aquella dona imponent a qui tothom es mirava, que potser la mare ja ho sabia, i allò formava part de la sorpresa.

–Hauria d'anar al lavabo abans de marxar.

La Yoko es va aturar, va assentir amb el cap, i va donar un cop d'ull tot buscant un senyal anunciador.

–Mira, allà a la dreta. T'espero aquí mateix.

–OK.

Vaig córrer cap als lavabos amb la intenció de trucar a casa i explicar el fet inaudit de la presència de la Yoko a Londres. La Yoko! I s'estava a casa de la Giovanna! Tancat en una cabina dels lavabos havia començat a buscar el número del mòbil de la mare quan se'm va ocórrer pensar què hi feien aquells tres homes de negre amb ella. Ells també estaven a casa de la Giovanna? Qui eren aquells homes que l'acompanyaven i que la tractaven com si fos la seva mestressa? Tenia el polze a punt de prémer la tecla de telefonar. On s'estaven aquells homes? En un hotel? Per què havien vingut a buscar-me? No es tractava de res professional, fos quina fos la feina de la Yoko. Allò era una visita privada. Aleshores... era necessari que em vinguessin a buscar tots quatre?

Uns copets a la porta em van treure de les meves cabòries.

–Ocupat! –vaig cridar, en català.

–Pol?

Era la veu d'un home. No em va semblar que fos cap dels orientals de la Yoko.

–Com diu? –li vaig fer repetir.

–Ets en Pol? –va preguntar la veu, en anglès.

Vaig guardar el mòbil a la butxaca dels pantalons i vaig sortir. Davant meu hi havia un tipus d'uns trenta anys, amb el cabell ros arrissat i un pírcing als llavis. Un home a qui no havia vist mai de la vida.

–No t'espantis. Em dic Oliver, soc amic de la Giovanna. Soc aquí per ajudar-te.

Em vaig quedar sense saber què dir.

–Hem de fugir.

–Què?

–Hem d'escapar, noi. Ara no em facis preguntes, però hem de fugir de la banda dels japonesos. Ja hi haurà temps després per aclarir les coses.

–M'està esperant a fora una amiga de la Gio...

–Has estat a punt de caure en una trampa! M'he retardat uns minuts amb el taxi, i quan he arribat els goril·les ja t'havien caçat. M'he estat esperant en un racó sense saber què fer. Sort que has tingut la il·luminació de voler anar a pixar.

–He de trucar a la meva mare –vaig dir, alarmat, tornant a treure el mòbil de la butxaca.

–No hi ha temps. Hem de fugir.

Em va agafar del braç i em va empentar cap al final dels lavabos, allà on s'acabava la filera de cabines i hi havia una finestra que donava a l'exterior.

–Hem de saltar per la finestra.

–Però jo no...

–No hi ha temps per discutir, Pol. A partir d'ara m'has d'obeir a ulls clucs si vols salvar la pell!

El noi va provar d'obrir la finestra, però era de les que s'obren només per la part de dalt. No es va rendir. D'una estrebada brutal va arrencar els topalls i les guies metàl·liques, i el vidre va caure amb estrèpit a terra. L'Oliver em va fer la cadireta amb les mans per ajudar-me a enfilar-me i treure mig cos per l'obertura. Ens vam trobar amb l'impediment de la motxilla a l'esquena, que em vaig haver de treure de pressa i corrent.

–Jo te la tiraré quan siguis a baix!

En el segon intent ho vaig aconseguir. Cap per avall, amb l'Oliver subjectant-me les cames des de dins, vaig aterrar damunt uns parterres florits. «OK!» vaig cridar, i a continuació el noi em va llançar la motxilla. La vaig recollir. Ell ja tenia mig cos a fora i feia un esforç brutal amb els braços per acabar de sortir quan, de cop, l'expressió se li va glaçar.

–Corre, Pol! M'han atrapat! Corre tot el que puguis! Ves-te'n!

Bocabadat, vaig observar com el seu mig cos reculava, com si s'ho hagués repensat i tornés a l'interior dels lavabos.

–Corre, Pol! Agafa un taxi! Fuig d'aquí!

Quan l'Oliver va acabar de desaparèixer, un dels orientals va treure el cap per la finestra. Em vaig posar a córrer com un desesperat, sense saber en quina direcció ho feia. Només procurava allunyar-me de l'aeroport. Vaig aconseguir aturar un taxi gairebé llançant-m'hi a sobre. Vaig pujar-hi d'una revolada. El xofer era indi, i em va mirar amb mala cara.

–Estació Victòria! –vaig cridar.

Era el primer lloc que se'm va acudir.

3

El xofer m'observava de tant en tant pel retrovisor i jo feia com que no me n'adonava. Quan em vaig haver asserenat una mica i després d'eixugar-me la suor del front amb un mocador de paper, vaig provar de telefonar a la mare. Primer la vaig buscar al mòbil, que estava desconnectat, i després a casa, però no hi havia ningú. No vaig deixar missatge enlloc. Tinc catorze anys; visc en una ciutat gran i moderna, en una societat capitalista i avançada. Porto una vida ordenada; tinc amics i família; vaig a l'institut, al gimnàs dos cops per setmana. Puc assegurar que la meva arribada a Londres era la cosa més al·lucinant que m'havia passat mai a la vida, sense cap mena de dubte. La situació em venia grossa, se m'escapava de les mans. Ho mirés des d'on ho mirés, tot s'escapava de la meva capacitat de comprensió. I estava sol en una ciutat desconeguda, on parlaven una llengua que no era la meva i que no dominava prou. A més a més, allí empraven una moneda que no era l'euro, i el xofer s'aturava als voltants de l'estació central de Londres i jo no duia ni una lliura a sobre per pagar la carrera.

–Acabo d'arribar de Barcelona, senyor. No he tingut temps de canviar euros per lliures. Li puc pagar en euros?

–Euros? Aquí no tenim euros!

–Jo no tinc lliures. Només euros. Què puc fer?

L'home m'observava sorprès. No vaig saber si no m'entenia a mi o no entenia la situació desesperant en què em trobava.

–A Londres no fem servir euros! –va insistir.

Li vaig fer un gest perquè esperés un moment i vaig provar de telefonar a la mare un altre cop. Desconnectat. Després vaig telefonar a la Giovanna, al seu número de casa, que havia enregistrat al directori del mòbil. No ho havia fet fins aleshores per por. Qui em podia contestar? Què significava l'absència de la Giovanna a l'aeroport?

–Bon dia –em va parlar una veu masculina.

–Giovanna?

–La Giovanna no és a casa. Soc en Samuel.

No havia sentit a parlar mai de cap Samuel.

–Tornarà aviat?

–La Giovanna és fora de Londres. No serà aquí fins dijous que ve.

Vaig penjar de seguida. El xofer em mirava encuriosit. Vaig treure la cartera i li vaig allargar un bitllet de cent euros.

–Euros no. Lliures. A Londres fem servir lliures.

Estava a punt de desmuntar-me. Vaig notar que defallia, que no era capaç de tirar endavant. Em van venir ganes de plorar, però me'n vaig estar.

–No pot acceptar vostè cent euros? Són un munt de diners!

L'home va agafar el bitllet alhora que treia una calculadora de la guantera del cotxe. Va prémer unes quantes tecles, més tecles de les necessàries per a una operació tan senzilla, i finalment va acceptar quedar-se amb el bitllet.

Va ser baixar del taxi i sonar el mòbil. Tot desitjant que fos la mare, vaig llegir «Giovanna casa» a la pantalla. Estava palplantat al mig del carrer, amb la motxilla a l'esquena i una multitud de gent passant pel meu costat, entrant o sortint de l'estació.

–Hola –vaig saludar en anglès.

–Ets en Pol de Barcelona?

Era la mateixa veu que uns minuts abans s'havia identificat amb el nom de Samuel.

–Sí. En Pol –vaig confirmar.

–Hola, Pol. La Giovanna m'ha deixat un missatge per a tu. Abans no t'he reconegut. Parles molt bé l'anglès!

El tipus intentava entabanar-me. Podia ser un parany.

–La Giovanna m'havia convidat a passar el cap de setmana amb ella. No em va dir que seria fora de Londres. No té sentit que no hi sigui –vaig dir tan bé com vaig poder.

–És clar que és a Londres! Allò d'abans era una excusa per a qui truqués!

–On és?

–Ha anat a l'aeroport a buscar-te. Ja ets aquí?

–Sí.

–Que has arribat abans d'hora?

–Sí –vaig mentir, sense saber exactament per què.

Allò era una possibilitat. Potser la Giovanna havia entès malament l'hora d'arribada del vol i a hores d'ara m'esperava a l'aeroport. Potser tot havia estat una confusió absurda. Però, aleshores, què significava la Yoko? I els seus tres orientals? I l'Oliver? I la fugida per la finestra?

–Ja no soc a l'aeroport –vaig anunciar.

–Com és això?

–La Giovanna no venia i he pensat que seria millor arribar-me al centre.

–Ets a la ciutat? Ja no ets a l'aeroport?

–No.

L'home es va quedar uns segons callat, sense saber què dir.

–Aleshores la Giovanna no et trobarà. Deu estar buscant-te. Com se t'ha ocorregut marxar sense esperar-la?

–Soc nerviós.

L'home va riure. Un riure forçat i de circumstàncies.

–Puc telefonar-la al mòbil?

–La Giovanna és antimòbil. No en té. On ets, exactament?

–A Piccadilly Circus –em vaig inventar.

–No ets lluny de casa. Agafa el metro i vine. Si la Giovanna no et troba segur que em telefona. Li diré que estàs arribant.

–Quina línia he d'agafar? A quina parada he de baixar?

L'home em va donar les explicacions pertinents. Les hi vaig fer repetir mentre ho apuntava a la llibreta que sempre duc a sobre. Coincidien amb les indicacions que m'havia donat la mare a Barcelona. No m'enganyava.

–Fins ara, doncs.

–OK. Fins ara, Pol.

A la mateixa estació hi havia un metro. Em tornava a trobar amb el problema de les lliures, per la qual cosa vaig demanar a una senyora què havia de fer per canviar els diners. La dona, molt amable, em va acompanyar fins a una oficina de canvi que hi havia a la mateixa estació. Vaig canviar cent cinquanta euros, que era tot el que duia. No pensava ni de bon tros gastar tots aquells diners, però veient com havien anat les coses fins a aquell moment, millor era curar-me en salut.

Mentre esperava a l'andana de Victoria Station vaig concentrar-me a pensar en el que havia passat per trobar un sentit a tot plegat. La peça clau era l'anomenat Oliver. Ell sabia qui era jo i, en teoria, havia vingut a rescatar-me d'un perill indefinit, el que representava la Yoko i els seus tres orientals. L'Oliver, fos qui fos, era el bo de la pel·lícula. Representava el defensor, el que ajuda, una mena d'àngel de la guarda. La dolenta, segons aquesta hipòtesi, era la Yoko. Per primer cop vaig pensar que potser aquella dona no era la Yoko original, la que havia estat amiga de la mare de jove. Jo havia vist alguna foto de la Yoko antiga, fins i tot una de quan va venir a Barcelona, però de tot això feia més de quinze anys, i la gent canvia molt en quinze anys. Qui m'assegurava que la japonesa de l'aeroport era la Yoko de les històries de la mare? D'altra banda, no sabia que la Giovanna i la Yoko tinguessin relació en el present. Si s'haguessin continuat veient, segur que la mare en tindria noticia i ho hauria comentat algun cop a casa. Era molt estrany. L'àngel bo, l'Oliver, havia vingut a buscar-me seguint les ordres de la Giovanna. Els altres, la dolenta oriental i els seus sequaços, s'havien avançat, i aleshores ell m'havia salvat i m'havia ajudat a escapar.

El metro travessava els túnels foscos i la meva ment no s'aturava. Per què havia vingut l'Oliver a salvar-me? Per què no havia vingut la Giovanna en persona? Estava també en perill, la meva padrina? Quina relació tenia ella amb la dona oriental que es deia Yoko o es feia passar per la Yoko?

I si tot fos una mena d'al·lucinació meva? I si tot tingués una explicació senzilla? Vaig pensar i repensar en aquesta senzilla explicació i no hi va haver manera de trobar-la. Com pot resultar «senzill» el fet d'escapar-me de l'aeroport a través de la finestra dels lavabos? Quin raonament «senzill» pot tenir la presència de tres goril·les japonesos i una *capo* de fantasia a l'aeroport? És «senzill» pensar en una examiga de la teva mare que et ve a buscar a l'aeroport de Londres després de quinze anys de no tenir-ne notícia? No. No hi havia cap explicació simple. No hi havia absolutament res on agafar-me. Em trobava perdut i sol en un joc estrany, en una carrera d'obstacles de la qual no coneixia la meta ni els atletes contrincants.

Quan vaig ser al carrer vaig provar de posar-me en contacte de nou amb la mare. El mòbil continuava desconnectat i a casa no hi havia ningú. No començava a resultar també una mica estrany, tot això?

Ja era completament fosc. Sense dificultats vaig trobar l'edifici on vivia la Giovanna. Però no vaig tenir gens clara l'opció de tocar el timbre i pujar al pis. Qui m'esperava allí?

Em vaig quedar a la vorera contrària, davant el número 34. Vaig tornar a trucar pel mòbil a casa de la padrina.

–Soc en Pol. Ja ha arribat la Giovanna?

–Ei, Pol –tornava a ser la veu de l'anomenat

Samuel–. No, encara no és aquí. Ha telefonat des de l'aeroport i li he dit que venies cap aquí. De seguida hi serà. On ets?

–M'he perdut.

–T'has perdut?

–Sí. No tinc diners per agafar un taxi. Em pots venir a buscar? M'he posat nerviós una altra vegada.

L'home es va escurar la gola abans de contestar.

–Sí, és clar... És clar... Encara ets a Piccadilly?

–No ben bé. Estic desorientat, però puc provar de tornar-hi.

–OK, no pateixis. Espera'm a les escales del monument, allí on hi ha tanta gent. És un *meeting point*.

–D'acord.

Vaig esperar mig amagat darrere una furgoneta aparcada davant la casa. Primer va sortir una dona de l'edifici. Després va entrar una mare amb una nena. Dos minuts més tard va sortir aquell que devia ser en Samuel. Duia el crani completament afaitat, com una bola de billar. Era alt, potser feia metro noranta, i abans de trepitjar el carrer va mirar a dreta i esquerra, com si vigilés que ningú no el seguís. Després es va allunyar en direcció a la parada de metro.

Quan va ser prou lluny vaig travessar el carrer i vaig trucar al pis de la Giovanna pel porter automàtic. No va contestar ningú. Vaig fer un altre intent, mantenint uns segons l'índex prement el botó. De cop vaig sentir una mà pressionant-me l'espatlla dreta.

Em vaig girar espantat, pensant que seria en Samuel.

Darrere meu, enfosquit per la nit i la silueta retallada sobre la llum d'un fanal, hi havia un pallasso que em mirava fixament. Un enorme somriure pintat sobre el llavi superior i sota l'inferior et podia fer pensar que reia, però en realitat els seus llavis de debò formaven una línia horitzontal molt fina. No, aquell pallasso sinistre no reia. Duia una perruca posada: dos blens de cabell pèl-roig i arrissat a banda i banda, i una calba central del color de la pell.

–A quin pis vas? –em va demanar en un anglès bastant dolent.

El cor m'anava a cent per hora. L'home disfressat de pallasso no em treia la mà de l'espatlla. Va pressionar encara més, com si em volgués fer un massatge als muscles.

–Qui es podia pensar que et trobaries un pallasso abans d'arribar a casa, eh, noi?

–Qui és vostè?

–Jo visc aquí. I tu? A quin pis truques?

–A casa de la meva tia, la Giovanna Rognoni.

–No em diguis que ets el nebot de la Giovanna! Ets italià?

–No. De Barcelona.

Es va posar a riure, ara sí, amb els llavis de debò.

–Així podem parlar en castellà! Jo soc mexicà! Un pallasso mexicà, què et sembla? –va exclamar, content.

4

Eren les 10 del vespre. El pallasso mexicà es deia Jorge. Va obrir la porta amb les seves claus i vam pujar a peu fins al segon segona, el pis de la Giovanna. Es va esperar al meu costat mentre jo trucava al timbre de la porta. Va passar una estona i ningú no va obrir.

–No ens hem trobat amb la meva tia. Segur que ens hem creuat pel camí.

–Un malentès.

–Això mateix. Ella em deu estar esperant a l'aeroport i jo ja soc aquí. La Giovanna no duu mòbil.

–Mala sort. Et pots esperar a casa meva. Jo visc a dalt mateix, al tercer segona.

–Em sap greu...

–I ara! Si vols et puc obrir la porta del pis. Tinc claus de ca la Giovanna, com ella en té de casa meva. És la meva veïna aliada.

Vaig pujar amb ell. En Jorge vivia sol i treballava de pallasso per a festes infantils. Acabava de sortir de la festa d'aniversari d'una nena que es deia Cinthya, em va explicar mentre es treia la perruca.

–Tenia el cotxe davant mateix de la porta de casa d'aquesta nena rica –va dir–, però m'ha fet mandra treure'm la pintura de la cara. Avui ha estat un dia de bojos, i només pensava a tornar a casa per relaxar-me. De vegades, si estic cansat, cuino i sopo vestit de pallasso. Fins i tot em poso a mirar la tele així, tal qual, vestit i maquillat com un pallasso per a nens rics, què et sembla? Un home patètic vestit de Charlie Rivel davant la tele i fumant. No ho trobes graciós?

Vaig riure.

–Deixa la bossa allà on vulguis. Vols sopar alguna cosa? Deus estar mort de gana.

–No es preocupi.

–No és cap molèstia. Jo també soparé. I no em tractis de vostè. Així disfressat no tinc edat, però quan em tregui tot això veuràs que soc prou jove. Seu on vulguis mentre em trec aquesta merda enganxosa.

Se'n va anar al lavabo i jo vaig seure al sofà del menjador. De les parets de casa del mexicà, en penjaven andròmines ben curioses, com ara màscares, instruments musicals antics i una mena de passamuntanyes decorats com els que es posen els lladres i els terroristes, amb dos forats als ulls i un a la boca. Un semblava la cara de Spiderman, tot ple de teranyines; un altre era una calavera, i un altre era de tela blanca pigallada de puntets marrons, com la cara d'un tigre.

Mentre esperava que el pallasso esdevingués persona, vaig tornar a trucar a casa. A les 10 del vespre els pares i la Diana sempre hi són. I sí, hi eren. Vaig parlar amb la mare, que de seguida em va demanar com havia anat tot i si havia arribat bé. No em vaig atrevir a dir res del que havia succeït, ni del que m'estava passant encara. Sí que vaig aclarir que no ens havíem entès amb la Giovanna, i que ara jo era a casa i ella encara a l'aeroport.

–Com és això? –va preguntar atabalada–. No us heu trobat?

–Hi ha hagut un malentès. Però no t'amoïnis. Ara soc al pis d'un veí amic seu i estic esperant que torni.

–Però ja has parlat amb ella?

–Sí –vaig mentir–. No pateixis, mare.

–Aquesta Giovanna no té mai el cap allà on l'ha de tenir...

–No passa res, mare. Fes-me un favor, però. Ves-la trucant a casa, i, quan aconsegueixis parlar amb ella, digues-li que soc al pis de dalt, a casa d'en Jorge. És el seu veí. És mexicà. Digues-li que l'espero a casa d'ell.

–No li ho has dit tu?

–No. Quan ha telefonat jo l'esperava al carrer, però ara he pujat al pis d'aquest veí. S'estranyarà de no veure'm.

–Et trucarà al mòbil, no pateixis.

–Sí, es clar, però per si de cas, mare, ves-la trucant a casa fins que la trobis.

–Està bé.

–Mare, una cosa més encara. Parla només amb la Giovanna. Digues-li que soc aquí dalt, però digues-li-ho a ella. Només a ella.

–Què vols dir, Pol?

–Que hi ha un amic a casa seva, vivint amb ella, vull dir, i també deu estar a punt d'arribar –vaig improvisar aquell discurs absurd sobre la marxa–.

Vull dir que esperaré la Giovanna, que ja baixaré a casa seva quan arribi.

–No t'entenc Pol. Que passa alguna cosa?

Uns xiulets em van fer adonar que em quedava sense bateria.

–No res, mare. Que parlis amb la Giovanna. Només això. M'estic quedant sense bateria.

–T'has endut el carregador?

–Sí, ara mateix l'endollaré mentre espero.

–Estàs segur que...

La conversa es va tallar. M'havia quedat sense bateria.

Des del lavabo vaig sentir com en Jorge xiulava. També sentia com rajava aigua de l'aixeta mentre es despintava.

–Tot bé, noi? –va cridar des del lavabo.

–Tot bé. Parlava amb la meva mare.

–OK. Ja estic gairebé presentable.

Què pensaria aquell home pelat anomenat Samuel quan no em trobés a Piccadilly Circus? Li passaria pel cap la idea de venir-me a buscar aquí? Qui era en realitat aquell home i quina relació tenia amb la Giovanna? Vaig pensar que potser en Jorge m'ho podria aclarir.

Va entrar a la sala convertit en una altra persona. Devia tenir uns trenta anys i duia el cabell curt tenyit de ros.

–*Et voilà*! Jo soc l'autèntic Jorge! El pallasso patètic ha anat a dormir!

–Que no t'agrada la teva feina?

–No. A qui coi li pot agradar fer de pallasso per a nens estúpids amb pares estúpids carregats de pasta? A mi no, ja t'ho dic ara.

–Tampoc em sembla una mala feina... Ets com un actor, si fa no fa.

–Un actor, dius? Treballar amb Scorsese, o amb Woody Allen o amb Coppola... això és ser actor, noi. Anar a fer riure a cases de Notting Hill o de Chelsea no és ser actor! Soc un llardós! Això és el que soc!

–Ets una mica exagerat!

–Això també. Deixem-ho estar. De sopar hi ha un menú únic: amanida i barretes de lluç arrebossat.

–Em sembla perfecte.

–Menú infantil, com ha de ser.

–No soc tan nen. Ja tinc catorze anys...

–No ho deia per la teva edat, sinó per la meva

feina. A casa d'un pallasso patètic només s'hi pot menjar menú infantil, com al McDonald's.

Aquell paio em feia gràcia. El vaig acompanyar a la cuina mentre preparava l'àpat i m'explicava la seva vida. A Mèxic havia lluitat per ser actor, em va dir.

–Lluitar per ser actor. Ben bé això. Literalment. Perquè resulta que no vaig aconseguir ser actor professional, però sí que vaig acabar de lluitador professional, en un ring. Has sentit a parlar mai dels lluitadors mexicans? No són com els boxejadors d'aquí o dels Estats Units. I ara! Els lluitadors mexicans són bastant més actors, i van disfressats, i fan de la lluita un espectacle de circ. T'has fixat en les màscares del menjador? Allò són màscares de lluitador mexicà. Ara m'he de posar el nas de pallasso i la perruca. Al DF[1] em posava la màscara de lluitador i pujava al ring a fotre'm hòsties amb altres lluitadors.

–Eres lluitador de debò? Guanyaves diners i feies combats?

–I tant! Durant dos anys vaig ser fins i tot popular. Em coneixien com el Vengador de Veracruz.

1. DF: Mèxic Districte Federal, capital del país.

Tenia el meu públic i els meus seguidors. La gent allí fa apostes, una mica com a les curses de cavalls a Ascot.[2] Hi havia gent que apostava per mi, pel Vengador. I n'hi havia que en treia profit econòmic, dels meus enfrontaments. Jo no, és clar. Jo no vaig sortir de pobre. I per això me'n vaig afartar i ho vaig deixar tot per creuar la bassa i provar fortuna

a Londres.

El vaig ajudar a tallar el cogombre i els tomàquets mentre ell fregia les barretes de lluç congelat.

–I a Londres tampoc he aconseguit pujar a l'escenari per interpretar Shakespeare, ja ho veus. Un pallasso fastigós per a la burgesia adinerada i conservadora. Així és la vida. Una cosa he guanyat, però: ja no em cal anar al gimnàs nit i dia per mantenir la musculatura. La vida d'un lluitador mexicà és força dura. Has d'estar en forma, és clar. Al cap i a la fi es tracta de viure fotent hòsties i evitant rebre'n.

–Tens una vida prou curiosa.

–Tinc una vida de pena. Però soc optimista. Això no pot durar sempre.

2. Cursa de cavalls molt prestigiosa que reuneix el bo i millor de la societat anglesa.

–Potser no.

–Ho dius amb un to estrany, com si pensessis que també pot anar pitjor...

–No volia dir això...

–Ja ho sé! Era una broma! Els pallassos exlluitadors solem ser gent de la broma, noi. Quin remei!

Vam seure a taula, al menjador, i mentre sopàvem em va explicar anècdotes dels seus combats, dels seus contrincants, dels seus protectors. A mi em semblava que estava molt millor ara, fent de pallasso, que no pas abans, a Mèxic, en un ambient denigrant i perillós, totalment corrupte.

–Com a pallasso em faig dir Whoopi, sí, sí, com la Whoopi Goldberg. A cada actuació en Whoopi simula un combat de lluita amb l'amfitrió de la festa o amb qualsevol dels seus convidats. Lluitem a cops de puny, i el pobre Whoopi sempre acaba destrossat i humiliat per la força dels nens repellents que omplen de crits les festes d'aniversari. En Whoopi a terra, estès com un lleó africà tirotejat pels caçadors i els mercenaris. L'amfitrió o els seus convidats, un cop vençut el pallasso, li posen un peu a sobre i aixequen els braços en senyal de victòria. Els altres nens i nenes riuen i li donen l'enhorabona. Prego a Déu que no arribi el dia que en Whoopi se n'afarti i li doni per lluitar de debò contra aquells marrecs de merda, igual que feia el Vengador de Veracruz als clubs de lluita del DF. Demano a Déu que això no passi mai, noi, perquè t'asseguro que sortiria als diaris. La festa d'aniversari es convertiria en una carnisseria.

Em feia riure escoltar aquell tipus tan curiós. Em va demanar per la meva vida, i vaig experimentar un punt de vergonya a l'hora d'explicar-la-hi. Com es podia comparar la meva vida avorrida amb la seva? Ell no li va donar cap importància. De fet, es va limitar a aconsellar-me paciència i tenacitat en els estudis, i que me n'anés a l'estranger a fer màsters o coses d'aquestes que es fan ara, va dir.

Li vaig preguntar per en Samuel, el paio que s'estava a casa de la Giovanna.

–Samuel? Jo no conec cap Samuel. La teva tia no m'ha parlat mai de cap Samuel.

–És un paio alt, sense cabells al cap.

–No l'he vist mai. I dius que viu amb la teva tia? Doncs deu ser des d'abans d'ahir, perquè dimarts encara vam sopar junts a casa seva, i t'asseguro que no hi havia cap Samuel amb nosaltres.

–No et va comentar que esperava la seva visita?

–La visita d'en Samuel? No, i ara! Em va parlar de tu, això sí, que venies a passar el cap de setmana a Londres. Que era una mena de regal d'aniversari.

–Quan he trucat al pis de la Giovanna, he parlat amb un tal Samuel.

–No sé qui és. És estrany, això que em dius. T'ho ha dit la Giovanna que en Samuel és calb?

–No. L'he vist jo mateix. Quan sortia de casa.

–L'has vist? I no li has dit res?

–No.

En Jorge em va observar arrufant les celles.

–I es pot saber per què no li has dit res?

–És llarg d'explicar...

–Tens res millor a fer?

–No.

–Doncs, apa, comença.

Vaig somriure mentre rumiava si explicar-li o no tot el que m'havia succeït des que havia arribat a Heathrow. En Jorge m'inspirava confiança, i la veritat és que necessitava explicar-ho a algú per tenir una opinió diferent de la meva.

Li ho vaig explicar fil per randa. No em va interrompre ni una sola vegada i, per la seva expressió, el vaig deixar bastant impressionat. Si la meva vida ordinària no tenia ni punt de comparació amb la seva, si més no la peripècia de Londres deixava bocabadat qualsevol.

–Sembla ben bé que m'hagis explicat una pel·lícula, noi.

–Doncs és real. Tot això m'acaba de passar en les darreres hores.

–La Giovanna m'ha parlat d'una tal Yoko, però com un personatge del passat.

–Igual que la meva mare. La Yoko és un record. No pertany al present de la Giovanna. És el que jo penso.

–Estrany. Molt estrany. I aquest paio, l'Oliver...

–El coneixes?

–Sé qui és. Aquest sí que existeix de debò. L'he vist un parell de cops, i la descripció que has fet coincideix amb la del paio. Van treballar junts fa un temps, quan la Giovanna feia de relacions públiques en un local alternatiu a Brixton. El noi aquest, l'Oliver, treballava amb ella. Es van fer amics. Es veuen de tant en tant.

–O sigui, que la Giovanna no és fora de Londres...

–I ara! Dimarts estava pendent de la teva arribada.

–On és, doncs?

–Aquest és el misteri. Però aviat ho solucionarem. Tu m'esperes aquí. Jo baixaré i comprovaré si el calb ja ha tornat. Demanaré per la Giovanna. Trauré tota la informació que pugui.

–Ves amb compte. Que no et passi com a l'Oliver...

–Soc un lluitador, no ho oblidis. No estic en actiu, però soc el Vengador de Veracruz, si més no el que queda d'ell. De tota manera et donaré les claus del pis de la Giovanna. Fem com a les pel·lis: si d'aquí a mitja hora no he tornat, baixa i entra. O millor telefona a la policia.

Va fer una pausa i jo me'l vaig mirar alarmat.

–Era una broma– va dir, i es va posar a riure davant el meu astorament.

Quan en Jorge va ser fora, vaig connectar el mòbil, que encara estava endollat, carregant-se, i de seguida va sonar. Era la mare. Vaig estar mirant la pantalla mentre sonava, incapaç d'agafar-lo. Què havia de dir-li? Em vaig estimar més esperar que tornés en Jorge abans de parlar amb ella.

Vaig esperar-lo assegut al sofà amb les claus del pis de la Giovanna a la mà. No va trigar més de deu minuts.

–Tot és estrany –em va confessar mentre seia al meu costat i encenia un cigarret–. Molt estrany, noi.

–Qui hi ha, a baix?

–Hi ha el paio calb, en Samuel. Està neguitós, perquè no t'ha trobat a Piccadilly. Diu que t'ha estat buscant i esperant que truquessis. Que tens el mòbil desconnectat...

–Ara ja no. S'ha estat carregant.

–Bé, el cas és que no et troba.

–I la Giovanna? On és ella?

–M'ha dit que és a l'aeroport; que també et busca i que és allà per si de cas tornaves a Heathrow...

–No té sentit.

–No, no en té. La Giovanna, en tot cas, no és a casa, això és evident. I suposo que tu t'estimaràs més quedar-te aquí i no a pas a baix, al pis de la teva tieta, amb aquell tipus.

–Si a tu no et sap greu...

–No, i ara! Jo tampoc me'n refiaria. I una altra cosa. Mentre xerràvem al pas de la porta li ha sonat el mòbil. I atenció al que et diré: ha parlat en japonès. I si no era japonès, s'hi assemblava molt.

–Fa conxorxa amb la colla de la Yoko...

–És el que he pensat. No ho sé, noi, tot és estrany i poc encoratjador. Jo de tu no em mouria d'aquí aquest vespre.

–I si anem a la policia?

–I què els diràs?

–No ho sé.

–Per això mateix. Val més esperar les evolucions d'aquesta colla de personatges sinistres.

–Hauria de parlar amb la mare. M'ha trucat fa una estona. Però no sabré què dir-li.

Just en aquell moment va sonar el meu mòbil. I tornava a ser la mare.

–L'agafo?

–Sí, contesta. Improvisa sobre la marxa.

La mare estava preocupada. No trobava la Giovanna a casa.

–Tot surt a l'inrevés –vaig confirmar, esforçant-me perquè la veu no em traís–. Però no has de patir. He parlat amb ella. Torna ara mateix de l'aeroport. Ni fent-ho exprés hauria sortit pitjor, mare. Sort del veí.

–El veí no és l'home que m'ha contestat al telèfon, oi? Tu m'has dit que era mexicà i jo he parlat amb un que era anglès.

–No, no. Tu has parlat amb un amic de la Giovanna que és a casa. Ara estic amb ell. Tots dos estem esperant la padrina.

–I qui és aquest home?

–Bé... pel que sospito... és el seu nou amant.

–Mira-la ella! Per un cap de setmana que et convida, se n'hauria pogut estar, de quedar amb ell.

–No hi fa res. És bon tio. Demà et trucaré i parlaràs amb la padrina, mama. Bona nit.

En Jorge va fer una ganyota d'aprovació i em va felicitar amb un copet a l'esquena.

–Bona actuació, noi. Un actor de primera.

En Jorge em va preparar el jaç al sofà del menjador. Vam quedar que l'endemà esmorzaríem junts: ell tenia el matí lliure, i ens dedicaríem a aclarir el misteri de la Giovanna.

Em va costar agafar el son. El cor em bategava a cent per hora quan recordava l'escena de l'aeroport i les fesomies de tota aquella colla d'indesitjables que no sabia com fer encaixar en el trencaclosques del cap de setmana.

5

Em vaig despertar perquè algú em sacsejava sense miraments.

–Desperta, noi!

Hi havia claror a la sala. Em vaig quedar glaçat quan vaig descobrir els tres orientals al voltant del sofà on jeia. Em vaig incorporar de seguida.

–A poc a poc, na noi no –va remugar aquell que el dia anterior s'havia identificat com a Eagle.

–Eh? Què passa? Com heu entrat aquí? On és en Jorge?

En aquell mateix moment vaig presenciar com l'home calb que es feia dir Samuel arrossegava el cos d'en Jorge per terra. El duia agafat pels peus: l'acabava de treure de la seva habitació i es dirigia cap a la porta d'entrada.

–Jorge! –vaig cridar–. Què li heu fet?

–No n'has de fer res. Només està adormit.

Un dels orientals em va immobilitzar amb la seva manassa sobre l'espatlla quan vaig provar d'aixecar-me i córrer cap al mexicà. L'anomenat Samuel havia obert la porta del pis i arrossegava el cos inert d'en Jorge cap a fora.

–On el porteu? L'heu matat?

–Només està adormit, ja t'ho he dit abans –va fer l'Eagle–. Només el canviem de pis, nano. Que dormi la mona a casa de la teva tia.

–On és la Giovanna? Què està passant aquí?

–Massa preguntes abans d'esmorzar. Au, vesteix-te, que tenim coses a fer.

El tercer dels orientals havia despenjat una de les màscares mexicanes de lluitador i se l'havia posada al cap. Això va fer gràcia als altres, i tots tres van riure. El del passamuntanyes decorat amb teranyines tipus Spiderman se'm va acostar i em va observar, amenaçador, amb aquells dos ulls mig aclucats a través dels forats de la màscara. Els altres dos es pixaven de riure.

Em vaig adonar que m'havia desaparegut el mòbil: el cable del carregador estava endollat, però el mòbil no hi era.

–On és el meu telèfon?

–No hi és. No facis més preguntes –va advertir-me l'Eagle.

Em van fer agafar la motxilla. Els tres homes m'esperaven a la porta. Mentre donava un cop d'ull per si em deixava res, vaig recordar les claus del pis de la Giovanna que m'havia donat en Jorge. Les duia a la butxaca dels pantalons. Les hi devia deixar ahir sense adonar-me'n, quan ell va tornar de parlar amb l'anomenat Samuel.

–On anem? –els vaig preguntar mentre baixàvem l'escala.

–Ja ho veuràs. No facis més preguntes.

A la sortida ens esperava un cotxe esportiu negre, elegant, de gamma alta, ben cuidat. L'Eagle i un altre van pujar als seients davanters. El tercer em va obrir la porta del darrere. Quan vaig entrar-hi vaig descobrir la Yoko a l'interior. L'espai entre els seients davanters i els posteriors era prou ample perquè la dona pogués mantenir les cames encreuades sense cap problema. Duia les ulleres de sol posades i fumava un cigarret.

–Bon dia, Pol –em va saludar.

–On és la Giovanna?

–Ara anirem a veure-la, no et preocupis.

–Els meus pares estan al corrent d'aquesta mena de situació.

–Ho dius com si fos una amenaça...

–Ets realment la Yoko?

–Així em dic.

–No sé si ets la Yoko que coneixen la meva mare i la Giovanna.

–Ja ho sabràs quan sigui l'hora.

–Què li han fet a en Jorge? He vist com el treien del pis arrossegant-lo per terra.

–En Jorge...

–I l'Oliver?

–Déu meu, Pol! Et preocupes massa per la gent. La Giovanna, en Jorge, l'Oliver... Preocupa't una mica per tu!

–Ho estic. No sé qui sou, ni què voleu, ni on em dueu...

–Planteja't que estem fent una mena de gimcana. Imagina't que es tracta d'un joc. No et volem fer cap mal.

–A l'Oliver li heu fet mal. A en Jorge li heu fet mal...

–No ha passat res d'estrany, aquest vespre?

–Què vols dir?

–T'ha explicat en Jorge quants cops l'han tancat a la garjola i l'han enviat a centres psiquiàtrics per denúncies d'abusos a menors?

–Això no és veritat!

La Yoko va girar el cap i es va posar a mirar per la finestreta. El cotxe havia arrencat i travessàvem Londres un dissabte al matí sense que ningú s'adonés de la terrible mentida que s'acabava d'exposar a l'interior d'aquell vehicle elegant amb amortidors de primera classe.

Se'm va fer un nus a la gola. No podia ser veritat. De cop em va venir al cap la història que algú m'havia explicat sobre un assassí en sèrie americà que es disfressava de pallasso per captar les seves víctimes. No podia ser. En Jorge era una bona persona i m'havia ajudat.

–No sé si comença a ser hora de canviar el teu punt de vista sobre qui són els bons i els dolents en aquesta història, Pol –va dir la Yoko, mirant per la finestreta–. Qui són els teus salvadors i qui els teus botxins.

–Vull que em torneu el mòbil. Vull saber on és la Giovanna.

Tot al seu moment, Pol.

Em vaig arraulir en aquell seient confortable, entre els cossos de la Yoko i l'oriental que seia al darrere amb nosaltres. Em vaig quedar ben quiet i vaig tancar els ulls. Vaig plorar en silenci, confús, sense saber què pensar sobre totes les coses estranyes que m'estaven passant. Maleïda l'hora que vaig fer catorze anys i em van regalar el cap de setmana a Londres amb la padrina.

Vaig ploriquejar tot el camí, sense que cap dels que m'envoltaven fes res per consolar-me. El trajecte va durar un quart d'hora. L'Eagle, que feia de xofer, va aturar el vehicle davant un edifici bastant alt i vell, en un carrer fosc i poc transitat.

Em van fer baixar. Una escala d'incendis mig rovellada recorria la façana de l'edifici. Un gos esquelètic estava pixant a l'entrada i un dels orientals li va ventar una puntada de peu. El gos va bordar, espantat, i va fugir corrent carrer avall.

Vam entrar per una porta de ferro. L'interior d'aquell edifici era brut i pudia a orins. Al final d'un corredor lúgubre hi havia una mena de muntacàrregues. La Yoko va pitjar el botó i un brogit eixordador va acompanyar el descens del vell ascensor fins a la planta baixa.

Hi vam entrar tots menys un dels orientals. El muntacàrregues va pujar amb dificultat els cinc pisos i es va aturar davant una porta despintada. L'Eagle la va empènyer i vam sortir a un corredor tant o més fosc que el de la planta baixa. Una sèrie de portes de ferro s'alineaven a banda i banda del passadís. Hi havia cartellets de paper a cada porta, però anàvem tan de pressa que no vaig poder llegir-ne cap. Semblaven noms de persona, potser el nom i cognom de cada inquilí. Ens vam aturar davant una de les portes i l'Eagle va donar uns copets amb l'artell de la mà.

Ens va obrir un noi jove, d'uns vint anys i escaig. Duia una samarreta descolorida i uns texans estripats. Va saludar-nos amb un gest de barbeta, i de seguida ens va fer passar a l'interior.

Tot el greixum i la deixadesa que havia vist fins aleshores van esvair-se. Allà dins, en aquell espai immens que podia haver estat una nau industrial, tot era luxós, nou i net com una patena. El terra estava emmoquetat de verd poma i les parets pintades d'un blanc immaculat. Hi penjaven quadres abstractes enormes, de més de dos per dos metres. Formes boiroses, amb textura. Gairebé no hi havia mobles, potser només unes quantes cadires d'oficina i una taula negra i lluent en un racó. Al fons de tot hi havia una llar de foc encesa i, assegut en una cadira de rodes vora el foc, un home de mitjana edat vestit de blanc de cap a peus.

La Yoko em va agafar del braç i vam recórrer junts la distància que ens separava de l'invàlid.

A mig camí em vaig adonar que els dos orientals s'havien quedat a la porta, amb les mans a l'esquena. El jove ens precedia a la Yoko i a mi.

L'home de la cadira de rodes estava absort en la contemplació del foc i de les brases, i no es va girar a mirar-nos fins que no vam ser-hi a la vora.

–Ja són aquí, Rufus –va xiuxiuejar el jove a l'orella de l'invàlid.

L'home ens va observar amb cara de pocs amics, primer a mi i després a la dona que m'acompanyava, que no s'havia tret les ulleres de sol. De seguida, però, va canviar l'expressió i un somriure resplendent es va dibuixar en el seu rostre ben rasurat.

–Serveix un refresc als nostres amics, Quentin! Ha esmorzat, aquest vailet?

Jo no vaig badar boca, però la Yoko va negar amb el cap.

–Baixa i compra-li alguna cosa del dia, Quentin.

El jove va assentir i va recular veloç cap a la porta. L'home, sense perdre mai el somriure, em va picar l'ullet.

–T'han tractat bé, noi? –va preguntar-me, i sense esperar resposta m'ho va repetir en una barreja de castellà i italià.

–Busco la meva padrina Giovanna. Vull saber on és –li vaig dir.

–Tots volem saber el mateix, marrec.

Aquella resposta em va deixar perplex. Ells tampoc no sabien on era la Giovanna. De fet, vaig pensar, la meva persecució i captura potser estava relacionada amb la desaparició i recerca de la padrina. Per què havia desaparegut, la Giovanna? Què tenia o sabia ella que els altres envejaven?

–A nosaltres, noiet, també ens sembla poc responsable convidar un nebot estranger a passar uns dies a Londres i abandonar-lo a la seva sort. Això no ho fa una persona que t'estima.

–Per què no ha vingut a buscar-me? Per què s'amaga i no apareix?

–Aquest és el misteri, noi. Això és el que volem esbrinar: per què s'amaga i on.

–Puc preguntar per què la busquen, vostès?

La Yoko es va escurar la gola com un senyal d'atenció cap a l'home. Aquell invàlid estava molt per sobre de la dona; ell tenia més poder, ell era qui portava les regnes de la partida. Ben segur, la Yoko i els seus sequaços estaven a les seves ordres.

–Primer, i si no et sap greu, les preguntes les faré jo, marrec. Apa, seu aquí als meus peus, vora el foc. La nostra amiga farà el favor de deixar-nos sols i anar a preparar un te.

La Yoko va sospirar i es va treure les ulleres de sol. Vaig clissar una mirada de ressentiment en els ulls alliberats de la pantalla de vidre protectora. Sense dir res, va fer el que l'home li manava.

–T'hem dut aquí per preguntar-te sobre el parador de la Giovanna Rognoni. Per les pistes que tenim fins ara, estem gairebé segurs que no en saps res, i que tu ets el primer sorprès amb la seva misteriosa desaparició.

–Havia de venir a buscar-me a l'aeroport. I no va venir. No sé on para.

–Aquesta és la teva versió. Ara cal comprovar si és certa.

–I és clar que ho és! Es pensa que m'ho invento, tot això? He hagut d'espavilar-me per passar aquesta primera nit sota coberta!

–Ens preguntàvem, vailet, si entre ella i tu podia haver-hi alguna entesa, algun codi secret que nosaltres desconeixem.

–Què vol dir?

–Doncs alguna mena de trobada emparaulada, un acord preestablert. Alguna cosa com ara: «Jo no et vinc a buscar a l'aeroport, tu fas veure que no saps on soc, però quedem l'endemà a tal lloc i a tal hora». A algun acord d'aquests, em refereixo.

Vaig riure. Aquells paios estaven sonats!

–No sé de què em parla! He arribat a Londres i la meva padrina no m'ha vingut a buscar. Ara resulta que ningú no sap on és i que vostès, que tampoc sé qui són, la busquen. I no em sembla que la busquin per a res de bo. Ahir vaig veure com enxampaven l'amic de la Giovanna que em va venir a buscar a Heathrow, i fa només una estona he vist com s'enduien, estabornit, el seu veí. I li diré una cosa, senyor: si aquest acord entre la padrina i jo existeix, si sé mes coses de les que els he dit, doncs haurà de descobrir-ho vostè, perquè no penso col·laborar de cap de les maneres mentre no m'aclareixi qui són i què volen de la padrina.

–Qui t'ha ensenyat a parlar així? Em sembla que has vist massa pel·lícules, noi.

–És que això que m'està passant sembla una pel·lícula...

–I el cas és, estimat marrec –em va tallar l'home–,

que no sabem si tu ets un dels protagonistes o només un espectador d'aquesta maleïda pel·lícula. Però ho esbrinarem, que no te'n quedi cap dubte.

–Qui són vostès? Què volen de la Giovanna?

L'home va moure el cap, tot remugant fluixet, i després va deixar la mirada perduda sobre les flames que s'enlairaven.

–Diguem que tenim un negoci a mitges amb la senyora Rognoni.

–Quina mena de negoci? Un negoci il·legal?

Aquesta paraula em va recordar la mare tot parlant de les substàncies que prenien a l'època de Londres. Va ser com una revelació: el negoci del qual parlava aquell tipus estava relacionat amb les drogues. Ho vaig veure clar de seguida.

–Un negoci suculent, noi. Un bon negoci. Un negoci amb bones perspectives i bon rendiment econòmic. I en aquest negoci a mitges, nano, la teva padrina no ha complert allò que es va establir en el contracte. O sigui, que vol fer negoci extra d'aquest negoci. Una mala jugada. Una jugada d'alt risc que li podia sortir bé o malament.

–I pel que sembla li ha sortit malament...

–L'hem enxampada mentre cometia el frau. I per als socis del negoci això no és bo.

–I ara la volen castigar...

L'home va riure.

–No! Castigar no és la paraula! El que volem és que respecti escrupolosament els terminis del contracte. Que torni aquella part de beneficis que no li corresponen. Que deixi de ser sòcia del negoci, si aquest és el seu desig, però havent respectat, un per un, els termes del contracte.

La Giovanna s'ha endut uns diners que no són seus... –vaig insinuar.

–Més o menys.

Allò començava a fer por. La mare ben segur que no en sabia res dels negocis de la Giovanna abans d'enviar-me a Londres amb ella. Si ho hagués sabut, jo no hi hauria anat mai i no estaria vivint la situació estranya que vivia.

6

Aquella gent no semblava tenir gaire pressa per trobar la Giovanna. El jove va arribar del carrer amb una safata de cartró plena de brioixeria per esmorzar. Vaig engolir amb gana un parell de *croissants* i un bracet de gitano de crema, i només quan estava a punt de fer el darrer mos a aquest pastís em va passar pel cap la idea que em volguessin drogar, enverinar o estabornir amb alguna substància introduïda «il·legalment» a l'interior d'aquelles delícies. Però ja era massa tard, i de res no valia compadir-me.

Mentre jo esmorzava, l'home de blanc mirava concentrat les brases, i la Yoko i el jove dels pantalons esparracats esperaven asseguts a les butaques de pell que hi havia a sota mateix d'una de les grans teles abstractes. L'Eagle i el seu company no s'havien mogut de la porta d'entrada, i el tercer oriental no havia pujat al pis.

Quan vaig haver acabat, i després de netejar-me els llavis amb un tovalló de paper de la mateixa pastisseria, la Yoko es va incorporar i es va apropar a l'invàlid.

–Haurem de començar a moure'ns, no li sembla?

L'home, com si l'haguessin desvetllat de cop del seu estat contemplatiu, va fer un bot i em va mirar amb un somriure embadalit.

–Estava tot bo? Has quedat tip, marrec?

–Sí, gràcies.

–L'esmorzar és l'àpat bàsic en l'edat de creixement dels joves –va afirmar, mirant la Yoko.

Després es va treure un telèfon mòbil de la butxaca alhora que, amb l'altra mà, manipulava el comandament electrònic de la cadira i s'allunyava de mi i de la llar sense l'ajuda de ningú. Va anar-se'n a un racó i allí va mantenir una conversa per telèfon de la qual no vaig sentir ni una paraula. La Yoko, dreta al meu costat, em mirava amb cara de fàstic.

–Li has caigut bé, Pol. Ja tens molt de guanyat, noi.

La vaig mirar als ulls, sense fer cap comentari. Allí qui manava era el tipus de la cadira, i no em calia mantenir cap conversa amb aquella dona que no sabia qui era, ni com es deia, ni si m'enganyava des del primer moment que la vaig veure.

L'invàlid va tornar allà on l'esperàvem manipulant aquella cadira de rodes tan moderna.

–Ja s'ha despertat. Aneu-hi i confronteu-los.

L'home havia perdut el somriure i l'interès per mi. No es va ni acomiadar. Es va col·locar davant la llar, en la mateixa posició que estava quan vam arribar, i la Yoko fou l'encarregada d'agafar-me pel braç, fer-me alçar de la cadira, i endur-se'm fora del local.

Vaig baixar pel muntacàrregues en silenci. Els dos orientals i la Yoko miraven endavant, tibats, com robots. A fora, al carrer ombrívol, ens esperava el cotxe amb el tercer oriental al volant. Vam pujar-hi i el xofer va arrancar a tot drap.

No vaig ni preguntar on anàvem; de fet, m'era ben bé igual. Per les paraules de l'invàlid vaig suposar que algú s'havia despertat, probablement en Jorge, el pallasso mexicà, i que em duien al seu costat per fer-nos xerrar. No tenia por. No m'imaginava, un cop vist l'ambient sofisticat en el qual es movien aquells bandarres, que em sotmetessin a tortura ni res semblant.

La meva sorpresa fou quan, en arribar a una casa de planta baixa en una urbanització als afores de la ciutat, vaig trobar-me cara a cara no amb en Jorge, sinó amb l'Oliver, el tipus que m'havia ajudat a escapar a l'aeroport. Estava assegut en un sofà, amb les mans lligades a l'esquena, i duia el cabell despentinat, com si s'acabés de llevar de bon matí. Per l'expressió de la cara, vaig pensar que tenia mal de cap: ben segur que li havien donat una dosi de ves a saber què per adormir-lo, i aquella substància li provocava una mena de ressaca. El vigilava un tipus alt i prim, d'uns quaranta i pocs anys, occidental. Seia en una butaca, encarat al presoner. El vigilant fumava unes cigarretes manufacturades i bastes, que devien contenir haixix o alguna cosa semblant.

–Algun problema, Jocki? –li va preguntar la japonesa mentre es treia l'abric i el deixava de qualsevol manera sobre el sofà on seia l'Oliver.

–No, reina. El nostre convidat s'ha llevat de mal humor.

–Ja pots anar-te'n, Jocki. Els ocells t'acompanyaran a casa.

Va dir «els ocells», *the birds*. Si més no, això és el que vaig entendre. Si un d'ells es deia Eagle, o sigui «àliga», bé podia ser que els altres dos també duguessin noms d'au.

L'Oliver em va mirar fixament als ulls, com si m'alertés d'algun perill, o provés de transmetre'm un missatge que no vaig entendre.

–Seu, Pol, rei –em va ordenar la Yoko.

Vaig seure a la butaca que havia deixat lliure l'anomenat Jocki.

–Ja us coneixeu amb aquest paio.

–Què li heu fet? –va demanar l'Oliver a la dona.

–No res. S'ha sabut espavilar solet. No l'hem enxampat fins a aquest matí.

Aleshores l'Oliver va somriure i em va picar l'ullet.

–Hem pensat que potser teniu alguna cosa a dir-vos.

–Com ara què? –li va preguntar l'Oliver.

–Podries explicar-li tot allò que li hauries dit fora de Heathrow. Ara tens la possibilitat de fer-ho.

–Davant teu?

–Si no ho fas ara, aquest noi desapareixerà sense deixar rastre –va dir la dona, amb un to de veu esfereïdor– i ves a saber quan tu, o la Rognoni, o la seva pròpia mare, tornareu a veure'l. Potser és la teva última oportunitat de salvar-lo. Ho has entès bé?

–Aquest nano no hi té res a veure! –va escridassar-la l'Oliver.

Estaven parlant de mi, i jo no n'era del tot conscient. Aquella bruixa acabava de llançar una amenaça terrible sobre la meva persona i, tot i així, era com si parlessin d'algú altre. Havia de tenir por, i, però, en canvi, no en tenia gens.

–Ell va arribar de Barcelona sense saber res! Ell no té la culpa de ser al lloc equivocat!

–No tots ho veiem així –va parlar la dona, immutable–. Hi ha qui pensa que el noi va arribar just al moment precís, fins i tot que va arribar per ajudar, d'alguna manera, la Giovanna Rognoni. No ens acabem d'empassar que el nano vingués a passar un cap de setmana a Londres a fer turisme. Tal com estava la situació, em semblaria una mica imprudent, per part de la seva padrina, convidar el seu nebodet de vacances. Si és que no és una inconscient total, com s'entesta a demostrar...

–La Giovanna no va ser a temps d'advertir la seva família! Això és el que va passar!

–Insisteixo: hi ha qui pensa que aquest noi ha arribat amb algun objectiu secret que desconeixem.

Jo no vaig dir res. Parlaven de mi, però em sentia aliè a les seves paraules. Jo vaig arribar per passar el cap de setmana promès; era un regal dels pares i de la padrina. Era tot el que podia dir, però de res no hauria servit dir-ho, perquè

l'oriental estava convençuda, pel que es veia, d'una altra idea.

–Quin missatge li havies de transmetre? Li havies de dir on l'esperava la inconscient de la seva padrina? L'havies de dur a algun lloc? No m'empasso la idea d'anar a l'aeroport i dir-li: «Au, noi, espavila't com puguis, que la teva padrina no et pot rebre!». Li hauries donat un grapat de lliures perquè es busqués una habitació en un motel?

–Me l'havia d'endur a casa meva. Jo havia de cuidar-lo durant el cap de setmana.

–Hauríeu anat a veure la Torre de Londres i el Museu Britànic?

–Potser sí!

–Pretens de debò que m'ho empassi, això?

–És la veritat! Jo no sé on és la Giovanna. No va voler dir-m'ho per seguretat meva i del seu fillol!

Sap exactament quina mena de gent sou i amb què us les jugueu!

La dona, inalterable, es va girar per mirar-me fixament.

–Què en saps, de tot això?

–Jo no sé res. Vaig arribar pensant que em vindria a buscar la meva padrina. A aquest noi no l'havia vist mai de la vida. A l'aeroport no em va dir res.

–Res de res?

–No. Només que fugís de vosaltres.

–Estem quedant com els dolents de la història...

–Sou els dolents de la història –va puntualitzar l'Oliver.

–No saps de què parles...

–Jo només pretenc ajudar una amiga. Ella em demana un favor, i jo el faig.

–El favor de recollir el seu fillol i dur-lo a veure la City mentre ella...

–Ella què? –va preguntar l'Oliver.

–Tinc coses a fer –va dir de cop la Yoko–. Us tancaré a tots dos en una habitació. Deixaré un dels meus ocells perquè us vigili. Aneu alerta: va armat i té molta mala llet.

«L'ocell» es va acostar de seguida i es va obrir l'americana perquè veiéssim una pistola que duia amagada sota el cinturó.

–Aixequeu-vos! –ens va ordenar l'home.

Vam obeir. Ens va precedir fins a una habitació decorada amb un estil força rústic. Hi havia un llit de matrimoni, un moble amb mirall i prestatges plens de llibres i objectes de decoració.

–Tornaré d'aquí a una estona. No jugueu amb nosaltres –va dir la dona, abans de marxar.

L'oriental ens va tancar amb clau dins l'habitació. L'Oliver em va fer un gest perquè m'acostés a la finestra. Els porticons de llibret estaven tancats, i entre els vidres i els porticons hi havia uns barrots de ferro que impedien la sortida. Estàvem en una presó rústica.

L'Oliver se'm va acostar i em va parlar a cau d'orella.

–Escolta bé el que et diré ara: segurament hi ha micròfons sofisticats que enregistren la nostra conversa. Fins i tot poden enregistrar tot això que et dic a l'orella. Domino una mica l'italià. La Giovanna sempre m'ha dit que italià i castellà s'assemblen molt...

–Sí, jo també ho crec...

–Aleshores et parlaré en italià, i tu em parles en castellà. Ens entendrem com podrem, però els dificultarem molt la feina.

Vaig donar un cop d'ull a aquella habitació tan senzilla pensant on podien haver amagat una càmera o un micròfon. L'alta tecnologia semblava impossible de concebre en aquell interior.

–Segur que els han instal·lat, ves a saber on –va insistir el noi.

–OK. Parlem en castellà i italià.

Vam seure als peus del llit, i l'Oliver em va demanar que el deslligués. Ho vaig fer sense problema. Un cop alliberat de la corda, es va fregar els canells i va moure les mans per desembalbar els dits.

–No sé on és la Giovanna –va començar explicant en veu baixa i un italià força correcte–. En això no he mentit a la japonesa. Em va trucar ahir a la tarda i em va demanar que et recollís a l'aeroport i que t'allunyés dels paios que et vindrien a caçar.

–On és ella?

–No m'ho va voler dir. Em va explicar que era fora de la ciutat. Que estava ficada en un embolic i que no havia pogut comunicar-ho als teus pares.

Em va demanar que et recollís, que et portés a casa meva i que provés de distreure't. Que ella ens trucaria tard o d'hora.

–M'han robat el mòbil.

–I a mi també, és clar. I no podem anar a casa meva perquè ens tenen retinguts. No els he dit on visc, però potser ja ho saben. Potser són a casa meva i esperen la trucada de la Giovanna.

–Sou amics?

–Sí. Hem treballat junts i tot.

–Heu treballat junts en... aquest negoci?

–Quin negoci?

–M'han dit que busquen la Giovanna perquè està implicada en un afer il·legal. Un negoci brut en el qual ells també participen.

–No sé de què em parles.

–M'imagino que es tracta d'algun assumpte de drogues.

–Qui t'ho ha dit?

–M'han dut a casa d'un paio invàlid, que deu ser el *capo*. Viu en un local estrany i modern. Ell m'ha dit que la Giovanna els ha estafat, o els ha jugat una mala passada. La busquen per això. Representa que ella ha fugit amb els diners o amb la mercaderia.

L'Oliver em va mirar fixament, sense entendre res del que li deia.

–Drogues? –va preguntar.

–No m'ho han dit. És només una sospita.

–Jo no hi tinc res a veure. I la Giovanna... imagino que tampoc. Ella no consumeix ni trafica amb drogues.

–Aleshores, què pot ser?

–No en tinc ni idea.

–De què treballes tu? Quina feina feies, amb la Giovanna?

–Compràvem i veníem teles importades de l'Índia.

–Teles?

–Sí. Érem tres socis: la Giovanna, un indi i jo. Un dels tres, normalment l'indi, que es diu Kabul, viatjava a Delhi, o a Anantapur, i comprava teles a un comerciant. Les portava a Londres, i aquí les veníem a dissenyadors i artesans, que les comercialitzaven.

–Això no em sembla delictiu...

–Potser no era un negoci molt corrent, perquè no pagàvem impostos ni duanes, però no era un negoci de drogues ni de tràfic d'animals o de persones, entens què vull dir? Per això m'estranya que busquin la Giovanna per les teles de l'Índia...

–I en tot cas també us haurien de buscar a l'indi i a tu...

–És clar. No, segur que la busquen per una altra cosa. No portaves res per a ella?

–Qui? Jo?

–Sí, no ho sé... No et va demanar que li duguessis res?

–Per què m'ho preguntes, això?

–No ho sé, noi... Aquests paios sabien que arribaves. Em pregunto si et volien pescar perquè sabien que duies alguna cosa per a ella...

–No sé de què em parles...

–La Giovanna no es droga ni trafica.

L'Oliver va canviar subtilment el tema de la conversa per tornar al suposat negoci de les drogues.

–Jo també n'estic segur –vaig coincidir.

–On has passat la nit?

–A casa d'un veí de la Giovanna.

–El mexicà?

–Sí. Aquest matí m'han despertat els japonesos. Havien entrat a casa seva i ferit en Jorge. Jo mateix he vist com se l'enduien, inconscient.

–El deuen haver adormit, com a mi. Penses que ell pot tenir res a veure amb el negoci aquest que dius?

–No, ell no en sabia res. No sabia on era la Giovanna.

Vaig recordar la clau del pis de la padrina que m'havia donat en Jorge. Podia provar d'accedir al pis de la Giovanna i buscar alguna pista del seu parador o del seu negoci misteriós. L'home calb, en Samuel, tenia claus del pis; ben segur que encara hi era, esperant que la Giovanna tornés o telefonés. De tota manera s'havia de provar. No sé per què no vaig parlar de les claus a l'Oliver. Només li vaig dir que a casa de la padrina hi podíem trobar alguna pista i que en aquells moments hi havia un paio anomenat Samuel que la vigilava.

–M'hauries d'ajudar a sortir d'aquí, Oliver.

–Com vols que sortim? I el japonès?

–He de sortir, agafar un taxi i entrar a casa de la Giovanna. Potser ella també està en perill, potser estan a punt d'enxampar-la. Hem de saber de què va tota aquesta història. També vull telefonar a la meva mare i explicar-li què està passant.

7

Vam cridar l'oriental que s'havia quedat fent guàrdia per dir-li que necessitava urgentment anar al lavabo. Vam escoltar com obria la porta amb clau i treia el cap.

–Qui dels dos? –ens va preguntar.

–Jo. És urgent –vaig dir.

L'Oliver duia les mans a l'esquena, com si encara estigués lligat. Agafava ben fort pels dos extrems, però, la coixinera del llit de matrimoni. Quan l'oriental va obrir la porta perquè jo sortís, l'Oliver es va llançar sobre ell i li va passar la coixinera al voltant del coll, com una soga. L'home va caure a terra mentre l'Oliver estrenyia amb força amb la intenció d'escanyar-lo.

–Escapa, Pol! Ràpid! Agafa un taxi!

Vaig sortir corrent mentre escoltava els esbufecs del pobre ocellet a terra. Vaig recollir la motxilla del sofà i vaig sortir disparat cap al carrer. Vaig córrer fins a una avinguda transitada i allí vaig aturar un taxi. El taxista, que aquest cop era blanc, duia una gorra del Liverpool.

Havia guardat una part de les lliures a la motxilla. Vaig obrir la cremallera d'una de les butxaques per treure-les, per si la carrera costava més del que duia a la cartera. Al costat dels diners, hi havia un llapis de memòria dins una funda de plàstic. Aquell llapis de memòria no era meu, i estava segur que no hi era quan dos dies abans havia preparat la motxilla. Primer de tot vaig fer memòria: la motxilla me l'havia portat la mare quan em va venir a buscar a l'*insti*, per la qual cosa no podia ser de ningú de l'*insti*, i menys quan la motxilla no era la que habitualment duc a classe. No, la motxilla venia de casa. Durant la meva estada accidentada a Londres, ningú no havia obert la motxilla davant meu.

Qui havia posat allí aquell llapis de memòria? El cor em va començar a anar més de pressa del que era habitual en mi. Podia haver estat en Jorge la nit abans, mentre jo dormia. O potser l'oriental que ens custodiava a la casa de la qual m'acabava d'escapar. Fins i tot, se'm va acudir de sobte, que podia haver estat l'Oliver als lavabos de Heathrow, just abans de llançar-me-la per la finestra quan vaig escapar de la Yoko i els seus sequaços.

Amb el llapis de memòria a les mans, vaig creuar Londres en direcció a ca la Giovanna. Què contenia aquell llapis de memòria? Per què el tenia jo? Qui l'havia posat al departament de la motxilla i amb quina intenció?

Un cop fora del taxi, vaig caminar cap a casa de la Giovanna amb la motxilla a l'esquena. El llapis de memòria misteriós, però, me'l vaig entaforar a la butxaca interior de la caçadora. En una altra butxaca hi duia les claus del pis de la padrina, i primer de tot havia d'esbrinar si l'anomenat Samuel era allí, vigilant el cau de la fugitiva. Sense mòbil no podia telefonar; per això ho vaig fer des d'una cabina pública introduint a la ranura de la màquina una de les dues úniques monedes que m'havia donat el taxista de canvi, sense saber exactament si era massa o massa poc. De fet, em vaig dir, només m'interessava saber si algú despenjava l'auricular.

Vaig poder recuperar la moneda intacta: ningú no va despenjar i no hi havia connectat cap contestador automàtic. Vaig aprofitar per telefonar a casa meva a Barcelona. Era dissabte al migdia, i no em va estranyar que no s'hi posés ningú.

Vaig trobar, per sort, la porta de l'edifici oberta i vaig pujar les escales a peu. A la porta del pis vaig dubtar si trucar o no. Ho vaig fer, dos cops, i ningú no va obrir. Vaig introduir la clau i vaig entrar.

–Samuel?

Ningú no va respondre. Les finestres del pis estaven totes obertes i, per tant, no vaig experimentar el pànic d'entrar en una casa abandonada i fosca. L'estil de vida de la padrina i la seva manera de ser es veien reflectits en la decoració del pis: teles de colors penjant de les parets; fotografies emmarcades de paisatges idíl·lics amb núvols, muntanyes i postes de sol; làmines també emmarcades de fades, elfs, gnoms i homenets de fantasia... Sobre els mobles funcionals hi havia un munt de figuretes del mateix estil, fins i tot personatges de la pel·lícula *El Senyor dels Anells*.

Al menjador no hi havia ningú, i tot estava ordenat. Una cortina de vellut verd separava la sala d'un petit corredor des del qual s'accedia a la resta d'habitacions: un lavabo, un vestidor, una habitació, que possiblement era la que em corresponia, i l'habitació fantàstica de la Giovanna, les cortines blaves i vaporoses de la qual donaven a l'estança una il·luminació teatral de fantasia o somni.

Al llit, lligat, emmordassat i inconscient, hi jeia l'anomenat Samuel. Sobre la boca algú li havia enganxat cinta adhesiva de color metal·litzat, i una ferida al front havia provocat que un regalim de sang li creués el rostre fins a la barbeta.

El descobriment em va deixar trasbalsat. No vaig tenir temps de sobreposar-me, quan em van espantar uns cops sobre una superfície de fusta. Em vaig girar, alarmat, per comprovar que provenien de l'armari de l'habitació vestidor. M'hi vaig acostar a poc a poc, aclaparat, amb la sensació estranya de ser esclau d'una por immensa i terrible. Vaig començar a suar molt i la cara i el coll se'm van omplir de gotetes. Els cops es repetien sense parar.

A l'habitació vestidor em vaig estar uns segons immòbil, confirmant, ara sí, que els cops els provocava algú o alguna cosa que era dins l'armari. Em vaig escurar la gola, vaig sospirar i vaig obrir la porta.

Lligat i emmordassat, però conscient, en Jorge, en pijama, estava dret a l'interior de l'armari i em mirava amb els ulls fora de les òrbites. Em vaig apressar a ajudar-lo a sortir, ja que duia lligades també les cames. Un cop a terra, li vaig treure la mordassa de la boca.

–Em pensava que no vindria mai ningú! –va dir, esbufegant–. Deslliga'm, nano!

Havia estat donant cops a la porta amb el cap des que va sentir que era jo qui havia entrat i havia cridat el nom de Samuel.

–Qui t'ha tancat aquí?

–M'hi ha deixat de seguida que he recuperat la consciència. M'ha lligat i emmordassat i m'ha ordenat que no em mogués fins que no m'obrissin. Ho ha fet el calb aquell d'ahir, amenaçant-me amb una pistola.

–Aquest matí he vist com et treien de casa arrossegant-te.

–I tu on eres? T'han fet mal?

–No, no. Se m'han endut en un cotxe fins a casa d'un invàlid, i després a una altra casa on tenien retingut el noi aquell de l'aeroport, l'amic de la Giovanna, el que pretenia salvar-me dels japonesos.

–I després t'han deixat marxar?

–No. M'he escapat. El noi m'ha ajudat a escapar per segona vegada en menys de vint-i-quatre hores.

–Deu ser el teu àngel de la guarda...

Vaig anunciar a en Jorge que l'anomenat Samuel estava lligat i emmordassat al llit de la padrina.

–Ha estat fa una mitja hora, més o menys. Jo

ja era a l'armari tancat, i he sentit com entrava algú i xerrava amb el paio. Primer xerraven i després discutien. No ho feien en anglès, sinó en una llengua estranya. Després han trucat a la porta i ha entrat més gent. Al cap d'una estona he sentit com se n'anaven tots plegats.

–Doncs, fos qui fos, l'ha deixat ferit i lligat a sobre del llit.

–Has pogut parlar amb la Giovanna?

–No. Ningú no sap on és. Els japonesos també la busquen, i l'Oliver no sap on para. Ha desaparegut, i no sé de qui o de què s'escapa.

–És estrany. I més sabent que tu estàs aquí sol...

–Havia deixat encarregat a l'Oliver que em cuidés i em protegís durant el cap de setmana. Sabia que hi hauria problemes, però no va ser a temps d'avisar la meva família per anul·lar el viatge.

–Qui t'ho ha dit, això?

–El noi, l'Oliver.

–Hem de marxar d'aquí, Pol. Aquest pis és una ratera. Tampoc no ens podem quedar a casa meva.

–Primer ens cal regirar una mica la casa per investigar de què fuig la Giovanna. Venia disposat a trobar pistes...

–Tu estàs boig! Aquests bèsties tornaran en qualsevol moment i ens enxamparan una altra vegada! No ens podem quedar aquí!

Tenia raó. Quedant-nos, ens exposàvem a ser caçats. I havíem d'estar lliures per ajudar la padrina.

En Jorge no duia les claus del seu pis, la porta del qual estava tancada, i no hi podíem entrar.

–L'única solució és anar al pàrquing on tinc el cotxe.

–En pijama?

–Puc posar-me una faldilla de la Giovanna...

–Agafa, si més no, un jersei!

–Al cotxe tinc un vestit millor.

L'encarregat del pàrquing, que estava al mateix carrer, tres edificis més avall, guardava les claus del cotxe d'en Jorge. L'home, un magrebí de cinquanta i pocs anys, no va fer cap pregunta, i en

Jorge no va donar cap explicació. Com si anar a recollir el cotxe en pijama fos la cosa més normal del món. Al maleter del vehicle, en Jorge hi duia un vestit de pallasso, i se'l va posar.

–És el que té de bo ser pallasso. La gent ja no s'estranya per res. Farem una parella estrambòtica –va dir.

Les sabates de pallasso no se les va calçar, perquè eren massa grosses per controlar els pedals del cotxe.

–Conduiré descalç, quin remei!

Quan sortíem del pàrquing, vaig veure que del cotxe de la Yoko, aparcat davant de casa la Giovanna, en sortien els japonesos i corrien escales amunt cap al pis.

–Són ells –vaig confirmar.

–Ens hem escapat pels pèls.

Vaig ajupir-me en passar per davant del cotxe aturat.

–Hi ha una dona amb ulleres de sol –em va informar en Jorge.

–És la que es fa dir Yoko. La que, teòricament, va compartir uns anys de joventut amb la Giovanna i la meva mare.

–Però tu no estàs segur que sigui qui diu ser...

–No. No he vist la Yoko real en ma vida, només en fotos de quan ella tenia vint anys.

En Jorge conduïa a poc a poc, perquè dubtava de l'eficàcia dels peus nusos sobre els pedals. Resulta estrany viatjar en un cotxe on el conductor seu a la dreta, descalç, vestit de pallasso, i circula per l'esquerra del carrer.

–On anem? –va demanar-me.

–No ho sé. No se m'acut res.

–Vols que provem d'alliberar el teu amic Oliver?

–No sé on era aquella casa. Quan vaig fugir en taxi no vaig pensar de mirar el nom del carrer.

Aleshores vaig recordar el llapis de memòria.

–Tu creus que ens deixarien entrar en una biblioteca? Hauria de consultar una cosa en un ordinador.

–No sé què dir-te. Primera perquè és dissabte al migdia, i potser ja estan tancades fins dilluns. D'altra banda, no sé si em permetrien l'accés vestit de pallasso. Puc dir que vinc a fer una sessió de contacontes...

–Necessito veure el contingut d'un llapis de memòria en un ordinador.

–Aleshores podem anar a casa d'algun amic, no et sembla?

La cosa era que no dúiem mòbil cap dels dos, però calia intentar-ho. Vam fer dos trajectes a casa d'amics d'en Jorge. Pel camí anava aventurant que potser no hi serien, un dissabte a aquella hora, pronòstic que es va acomplir en les dues ocasions.

–Ens podem passar el dia fent viatges... –vaig remugar, desesperat.

–Se m'acut una solució. A les 4 de la tarda tinc un xou a casa d'una nena rica. No saps com odio jo, en el fons de l'ànima, aquestes cases i aquestes nenes... Tant se val. El cas és que aquesta és la meva feina. Podem anar directament a casa d'aquesta família i demanar que et deixin utilitzar l'ordinador.

–Creus que és possible?

–Allà esperen amb impaciència que, tard o d'hora, un pallasso truqui a la porta.

–Tal com estan les coses, em pensava que avui no tindries ganes d'actuar...

–Es tracta d'una vella dita popular: el pallasso ha de fer riure encara que la seva situació personal i anímica sigui desastrosa. Aquesta actitud és l'única cosa que ens dona una mica de dignitat, Pol.

La família que celebrava l'aniversari de la nena vivia a Kensington, em va explicar en Jorge mentre ens hi dirigíem. La nena feia set anys i havia convidat un munt d'amiguets i amiguetes a berenar. L'actuació del pallasso era una de les sorpreses.

–Ara pensa un moment què passaria si jo no m'hi presentés. La nena es quedaria sense pallasso, i els convidats sense sorpresa, i la família sense paraula. És fotut decebre un nen, Pol! Aquestes coses passen factura. Qui no et diu que aquesta nena, el dia de demà, pot patir un trauma insuperable per culpa del maleït pallasso que li va fotre en orris la festa d'aniversari...

–Tens un humor particular, Jorge.

–Tinc el que tinc. Això de l'humor no es tria. La vida i l'experiència et donen el que et pertoca.

Aquell home em posava de bon humor amb el seu optimisme derrotista tan particular. Quan ens vam quedar en silenci, vaig tornar a pensar en la història estranya que estava vivint, en les peces d'aquell tauler d'escacs que cada poc temps introduïen jugades inesperades, com si les regles del joc anessin variant segons avançava la partida. Qui havia fet fora de combat l'anomenat Samuel? La persona o persones que ho havien fet, de quina banda jugaven? Anaven contra els japonesos i, aleshores, a favor de la padrina? On era la Giovanna exactament?

També vaig recordar el que havia dit la Yoko sobre en Jorge. Estava segur que era mentida.

8

L'homenatjada es deia Melissa, i feia set anys. Vivia en una caseta unifamiliar amb jardí per les quatre bandes, en una de les quals, la posterior, els seus pares havien instal·lat una carpa blanca per a la festa d'aniversari i les actuacions.

Tota la família anava de bòlit organitzant l'esdeveniment, i la mare de la Melissa dirigia la cort de cambrers i cuineres que pul·lulaven per la casa amb safates i ampolles de beguda.

En Jorge em va presentar com el seu nebot i va preguntar si seria una molèstia que em quedés durant el xou.

–El noi s'ha entestat a ser pallasso, com l'oncle. Miri vostè com són les coses. La meva germana volia que fos enginyer agrònom. I aquí el té, cofoi i conscienciat de fer feliç la mainada fent de pallasso.

La mare de la Melissa l'escoltava incrèdula, i assentia amb el cap a les explicacions extravagants del pallasso.

–És una vocació, senyora, i tot allò vocacional és signe de responsabilitat i consciència.

–Ja té raó. Les coses van com van –va dir la dona, encongint-se d'espatlles.

–Mentre em maquillo, li agrairia que el meu nebot pogués utilitzar un ordinador per avançar les feines de l'escola. La vocació no treu el deure i, ara per ara, el noi ha d'aprovar el curs.

–I tant. El primer és el primer –va dir la dona, i de seguida ens va guiar fins al despatx del seu marit.

Al despatx mateix hi havia una porteta que donava a un lavabo on en Jorge es podia maquillar mentre jo enllestia la feina.

–Si necessiten res, només han de fer que cridar-me.

–Com que hem vingut una mica d'hora, no li sabrà pas greu si ajudo una estona el noi en la redacció de llengua que ha de fer per dilluns?

–I ara! Vostès mateixos. L'ordinador ja està engegat. També funciona la connexió a internet.

Vam seure a la taula i vaig explicar a en Jorge la història del misteriós llapis de memòria que havia aparegut de cop a la butxaca de la motxilla.

–Jo no l'hi he posat, d'això pots estar-ne segur –em va advertir de seguida.

–Aleshores ha d'haver estat un dels orientals o bé l'Oliver, als lavabos de l'aeroport.

–Sortirem de dubtes quan en comprovem el contingut.

Aquest contingut constava de diverses carpetes, les icones de les quals es van veure un cop oberta la pantalla. Els títols de les carpetes eren poc significatius: «BEX 3-4-01», «BEX 4-4-01» i altres de semblants.

–Els acabaments semblen dates –va suggerir en Jorge–. Sembla que són documents referits a l'any 2001.

–I les darreres carpetes són del 2002, fixa-t'hi –vaig indicar amb el dit sobre la pantalla–. Fins i tot n'hi ha una del 2003.

Vam obrir la carpeta «BEX 12-5-03». Constava de sis documents de Word, i vaig clicar sobre el primer. El programa va obrir el document, que va resultar ser una mena de factura. Estava redactada en anglès i les quantitats eren en euros. En Jorge va acostar la cara a la pantalla per desxifrar aquell conjunt de paraules i signes.

–Jo diria que es tracta d'un bitllet d'avió. Aquestes sigles de dalt –va assenyalar en Jorge amb el dit– es refereixen a la companyia, i la xifra del costat és el número de vol. Les sigles de sota deuen ser les abreviatures dels llocs de partida i d'arribada, els codis dels aeroports i, a continuació, venen els horaris.

–Quines poblacions representen?

–Les companyies aèries fan servir abreviatures per determinar els aeroports de les ciutats on aterren o s'enlairen els avions...

–FRA? On deu ser FRA?

–Frankfurt, a Alemanya, possiblement. Sembla que l'avió va sortir de Frankfurt el dia 4 de maig del 2003, i va aterrar a... KIX. Ves a saber quina ciutat deu ser.

L'import era de mil dos-cents euros, més taxes. A dalt a l'esquerra, hi constava l'empresa que havia emès la factura: «InEXFREE.Co». La seu era a Londres: Coleman Street, 24.

Vam obrir quatre documents més, dos de l'any 2001 i els dos del 2002. L'empresa emissora de les factures era sempre la mateixa, però les ciutats des d'on havien sortit els avions, com també les companyies aèries, eren diferents. Des de Madrid havia sortit un vol d'Iberia el 19 d'agost del 2001; de Milà n'havia sortit un d'Alitalia el 23 de setembre del 2001; de Londres n'havia sortit un altre el 15 de febrer del 2002 amb British Airways, i de Frankfurt un de Lufthansa el 3 de maig del 2002. Només vam poder desxifrar dues de les ciutats d'arribada, que eren París-Charles de Gaulle (PCD) i Frankfurt (FRA). La majoria de vols arribaven a dos aeroports: KIX i NRT.

–Per què tinc jo aquest llapis de memòria? Què deuen significar aquestes factures?

–Realment és un misteri...

–Potser trobaríem la clau del misteri acudint a l'adreça d'InEXFREE –vaig proposar.

–No diguis bestieses...

–Per què no?

–No et sembla que hi ha altres coses per esbrinar abans?

–Com ara què?

–Doncs, per exemple, per què tens tu aquest dispositiu. I em pregunto si és el més escaient que un noi de catorze anys foti el nas en un negoci aparentment tèrbol, en el qual hi ha implicada gent tan estranya com una màfia oriental, un invàlid, un calb de metro noranta que subministra dosis de somnífers... Tu has vingut a passar un cap de setmana a Londres per celebrar el teu aniversari i passar-t'ho bé, Pol, no per posar en risc la teva integritat en un assumpte tan fosc com aquest...

–Tu ho has dit! Un assumpte tèrbol que, d'una manera o una altra, ha impedit que la meva padrina sigui aquí per atendre'm! Ves a saber si la Giovanna està segrestada o alguna cosa pitjor.

–No diguis disbarats!

De cop i volta es va obrir la porta del despatx i una nena va treure el cap per mirar-nos encuriosida.

–Qui dels dos és el pallasso?

La nena en qüestió era la Melissa, l'homenatjada. Es mostrava tan neguitosa com la seva mare per controlar tots i cadascun dels elements de la seva festa.

–El pallasso soc jo, bufona –va parlar en Jorge–. Que no veus com vaig vestit?

–No es pensa pintar de pallasso, senyor?

–I tant. Ara mateix entraré al lavabo i em convertiré en Whoopi, el pallasso més divertit de Londres.

–Que em puc quedar una estona? Em faria gràcia ser la primera a veure la transformació –va dir la nena.

–Per mi no hi ha problema. El meu nebot, que també serà pallasso, et farà companyia.

Se'm devia posar cara de circumstàncies, perquè en Jorge em va fer una ganyota abans de desaparèixer al lavabo. Aquella nena, tot i ser una mica més petita, em recordava la Diana, la meva germana, i ser allí amb ella, donant-li conversa en anglès, era la cosa que menys desitjava en aquell moment.

La Melissa em va observar desafiant i es va acostar a la taula on jo seia, davant l'ordinador.

–Ja ho sap la meva mare que tafaneges l'ordinador del pare?

–Ella m'ha donat permís.

–Tu no ets anglès. Tens un accent estrany i fas errades quan parles.

–No, no ho soc. Encara no han arribat els teus amics? Potser hauries de baixar i esperar-los per donar la benvinguda a tothom.

–Encara queda una estona. I vull veure el pallasso. És veritat que tu seràs pallasso? No en tens la pinta.

–I tu, què vols ser quan siguis gran?

Aquella nena em començava a treure de polleguera. Hauria donat qualsevol cosa perquè en Jorge em cridés i em demanés d'ajudar-lo amb el maquillatge.

–Seré arquitecta, com el pare. Saps què és un arquitecte?

–Més o menys.

–Hi ha arquitectes allà on vius?

«Que es pensa que vinc d'un racó perdut del Tercer Món o què?», vaig pensar.

Vaig assentir amb el cap i, a continuació, vaig tornar a concentrar-me en la pantalla per obrir el contingut de més documents del llapis de memòria.

–Es pot saber què fas?

–Deures. La teva mare m'ha deixat fer deures a l'ordinador.

–Deures de l'escola?

–Això mateix.

–Si vols et puc ajudar. Soc la nena més llesta de la classe.

–I la més pesada –vaig dir, en català.

–En quina llengua has parlat? Ets rus?

No vaig contestar, com tampoc ho vaig fer a les dotzenes de preguntes que em va llançar durant l'estona que en Jorge es va estar maquillant. En aquesta situació incòmoda, em costava analitzar els documents que obria. Tots eren similars, i tots semblaven ser factures de vols.

–Saps que m'han regalat un cadell?

–Qui?

–Els avis. Si baixes te l'ensenyaré –va dir la nena.

–Després el veuré.

–No! Ara! Després no tindré ganes d'ensenyar-te'l!

–Tinc feina.

–O baixes o apago l'ordinador.

Les falanges dels meus dits van deixar de teclejar per adoptar la forma de les urpes d'un llop. Hauria esgarrapat aquella merdosa. Vaig entendre per què en Jorge odiava tant aquelles criatures.

Vaig sospirar, em vaig aixecar de la cadira i, agafat de la mà de la insuportable Melissa, vaig baixar a veure el gosset. Era un fox terrier tan petit que gairebé no podia caminar. El tenien a la cuina, dins un cistell que encara duia el llaç de regal.

–Saps com es diu?

–No. Com?

–Endevina-ho. Tens tres oportunitats. Bé, cinc oportunitats.

–Com vols que ho sàpiga? No et conec de res... No sé res de tu i, per tant, no podré endevinar mai el nom del teu gos.

–Tens cinc oportunitats –va insistir ella–. Si a la cinquena no l'encertes, jo t'ho diré.

Una dona negra, que devia ser la cuinera, es mirava la Melissa somrient, complaguda de la seva perspicàcia.

–Bubo, Tito, Cuco, Fito i Terry –vaig dir d'una correguda.

–Doncs no. Es diu Poppy.

Vam tornar al despatx sense dir-nos ni una paraula i jo vaig seure davant l'ordinador. La nena va perdre interès per mi i es va quedar asseguda en una butaca esperant l'aparició d'en Whoopi, i jo vaig aprofitar per obrir un document que em va deixar astorat.

La carpeta portava per títol «BEX 6-5-01», i contenia tres documents. Dos d'aquests documents eren les habituals factures en anglès plenes de sigles. El tercer, però, estava escrit en castellà, i no era cap factura, sinó una carta de presentació.

L'empresa InEXFREE posava al corrent el senyor H. M. Dexter del seu nou contacte a Barcelona. La persona en qüestió gaudia de tota la confiança per part de l'empresa i esperava guanyar-se ràpidament també la confiança del senyor Dexter.

El nom de la persona m'era conegut.

Realment molt conegut.

Era el nom i cognom de la meva mare.

Abans de tenir temps de reaccionar i fer un bot de la cadira, la porta del lavabo es va obrir de bat a bat. Sota l'acompanyament d'una exclamació brutal cridada a plena veu, alguna cosa com «Tatxan!», en Jorge, transformat en Whoopi, va fer la seva aparició al despatx.

La nena es va alçar de la cadira i va obrir la boca en un signe inequívoc de meravellar-se.

–És un pallasso de debò! –va exclamar.

–I doncs? Què et pensaves?

La Melissa va sortir corrent del despatx cridant que el pallasso era de debò i que ja estava preparat.

–Cada dia entenc menys aquestes maleïdes nenes riques.

En Jorge s'havia posat la perruca i s'havia pintat la cara tal com l'havia trobat jo la nit abans, a la porta de casa. Duia un nas vermell de goma i una corbata amplíssima que li tapava el coll de l'americana de flors. Em va observar amb aquella expressió de pallasso que jo no podia traduir: tot ell era una rialla, però només per efecte del maquillatge. Si en Jorge hagués estat seriós, fins i tot emprenyat, l'expressió no li hauria canviat gens ni mica.

–Que et passa alguna cosa, noi? Em mires com si no m'haguessis vist ahir al vespre amb la mateixa pinta...

–Estic impressionat, Jorge –vaig balbucejar.

–Tant et sorprèn la transformació?

–No és això. Vine, acosta't. Mira el que acabo de trobar.

Caminant amb dificultat a causa de la mida desproporcionada de les seves sabates, en Jorge va donar la volta a la taula i es va col·locar darrere meu.

–Has trobat una factura escrita en castellà?

–No és una factura. Es tracta d'una nota de presentació. Algú presenta a un tal H. M Dexter un nou contacte a la ciutat de Barcelona.

–La teva ciutat!

–Exactament. I no tan sols això. Veus aquest nom que hi ha aquí? Doncs conec aquesta persona.

–Què dius ara? La coneixes de debò?

–És la meva mare, Jorge.

La pintura va privar-me de veure l'expressió que li devia quedar a en Jorge quan ho va saber.

–La teva mare? La teva pròpia mare? –va preguntar, impressionat.

–La meva mare, noi. La meva mare emmerdada en ves a saber quins assumptes tèrbols, com has dit tu, de l'empresa InEXFREE.

La mare de la Melissa va donar uns copets a la porta abans d'entrar al despatx per anunciar que els nens i les nenes començaven a arribar i que caldria revisar l'espai d'actuació per si volíem alguna disposició especial.

Mentre baixàvem per l'escala, a en Jorge se li va acudir una idea.

–Havies obert la butxaca de la motxilla des que vas arribar a Londres?

–No, em sembla que no. Potser només per deixar-hi les lliures que vaig canviar. Per què ho preguntes?

–Estava pensant que potser el llapis de memòria era allí des de Barcelona. Em pregunto si ja el duies a sobre quan vas agafar l'avió.

–I qui creus que el podia haver posat allí?

–Sembla clar, no? La teva mare.

–I per què ho hauria d'haver fet?

–Potser ho havien pactat amb la Giovanna. Si totes dues tenen alguna cosa a veure amb InEXFREE, potser la teva mare va dir a la Giovanna que a la butxaca de la teva motxilla hi hauria un llapis de memòria per a ella, un llapis de memòria que necessitava...

–Sembla una pel·li d'espies...

–Podria o no podria ser? La Giovanna et convida a Londres, tu viatges amb el dispositiu a la motxilla sense saber-ho. La Giovanna no és a temps de recollir el llapis de memòria que tu portes... i... aleshores...

–Aleshores què? Què em vols dir amb tot això?

–I si justament aquest dispositiu és el que estan buscant els japonesos i l'invàlid? I si és justament això el que volen trobar?

Em vaig quedar de pedra. El raonament d'en Jorge tenia solidesa. Tot podia ser tal com deia.

Potser jo, i el llapis de memòria que duia a sobre, era la clau del misteriós cas d'aparicions, de segrestos i d'entrevistes del meu cap de setmana a Londres.

Em van treure de les meves cavil·lacions els crits d'un munt de nens i nenes que ens esperaven als peus de l'escala. En Jorge va posar els braços en nanses, simulant que s'enfadava perquè els nens i nenes l'havien descobert abans d'hora, però de seguida va fer veure que ensopegava i queia escales avall com un bon pallasso, cosa que va provocar el riure de tots els espectadors, mentre la mare de la Melissa els empenyia cap a la terrassa per començar a berenar.

9

114 Mentre en Jorge actuava per a la canalla, vaig demanar a la mare de la Melissa si em deixaria fer una trucada de telèfon. La dona, molt amable, em va acompanyar al despatx de l'ordinador per utilitzar el telèfon lluny dels crits dels nens i el soroll de la música.

La mare va contestar al fix.

–Com va tot, rei?

–Bé, mare. Ens estem divertint força.

–Explica'm coses. A quina hora us vau trobar, al final, amb la Giovanna? Des d'on truques? Aquest que em surt a la pantalla no és el número de la padrina.

–No, estem a casa d'un amic seu. Ens ha convidat a berenar.

–Per què no funciona el teu mòbil? Cada vegada que truco em diu que està apagat o fora de cobertura.

–L'he perdut, el mòbil.

–Que l'has perdut? Però es pot saber on tens el cap, Pol? I on l'has perdut?

–Mare, ja en parlarem. Esteu tots bé?

–I és clar! Passa'm la Giovanna.

–És al lavabo, mare. Després et trucarà ella. Vull fer-te una pregunta: què és InEXFREE?

No em va passar per alt el silenci de la mare, la seva probable ofuscació en escoltar la pregunta.

–I a què ve això, ara?

–És un negoci que teniu tu i la padrina? Quina mena de negoci?

–Pol, no sé de què em parles...

–Sí que ho saps, mare. Vull que m'ho expliquis.

–Pol, si us plau... –La mare estava torbada, només calia escoltar com quequejava, com se li escapaven rialletes nervioses. –Pol, això no sé a què ve ara... Que s'hi posi la padrina, noi, que vull parlar amb ella.

–No s'hi pot posar, mare. I t'he fet una pregunta.

–Pol, no entenc on vols anar a parar... Qui te n'ha parlat, d'això?

La mare estava descol·locada. La qüestió l'havia deixat atordida.

–He de penjar, mare.

–Va tot bé, fill? Segur que no passa res, Pol?

–Què ha de passar, doncs?

–Et trobo estrany, nen. No sé on vols anar a parar, Pol... –va repetir.

–Només t'he fet una pregunta que tu no m'has volgut contestar. No hi fa res. Adeu. Records al pare i a la Diana. Ens parlarem més tard o demà.

Vaig penjar el telèfon amb un nus a l'estómac. Sens dubte havia deixat la mare preocupada. InEXFREE no era res de bo, d'això n'estava segur. I havia de saber per força de què es tractava. Si en Jorge no m'hi volia acompanyar, hi aniria sol.

–Que t'has begut l'enteniment o què, noi? No tan sols no penso acompanyar-te, sinó que no permetré que tu hi vagis. Ja t'ho dic ara.

En Jorge es fregava la cara empastifada de cremes de colors amb un drap net que havia tret de la bossa. Mantenia l'aixeta de l'aigua calenta oberta, i cada dos per tres posava el drap sota el raig per netejar-lo, operació que provocava unes riuades d'aigua tenyida de colors que s'escolaven per l'aigüera.

L'actuació havia anat molt bé, i els amics de la Melissa havien gaudit de l'actuació d'en Whoopi, el pallasso brètol i lluitador. Ara que en Whoopi, havia desaparegut, en Jorge es mostrava intolerant amb la idea de continuar la investigació pel nostre compte.

–Un noi de catorze anys i un *friqui* vestit de pallasso... Sembla que no hi toquis, noi. Com se t'ha ocorregut una idea tan estúpida? I si ens trobem en un parany? I si l'adreça és una trampa? I si està tancat un dissabte a la tarda?

–Com a mínim esbrinarem quina mena de negoci és.

–Tu estàs boig, català. Tant o més boig que la sonada de la teva padrina.

–Tinc el pressentiment que la Giovanna necessita ajuda, Jorge. I, pel que es veu, ningú no està disposat a ajudar-la. Al contrari: tothom vol caçar-la per fer-li mal.

–Però tu no ets qui per salvar-la! Ets estranger, tens catorze anys, has vingut de vacances, no coneixes la ciutat...

Però tinc les claus del seu pis, i sé on és InEXFREE, i he vist la majoria de la gent que la persegueix. Tinc informació contrastada de la situació!

–Tu estàs com un llum, noi!

–M'ajudaràs o què? Només cal que ens arribem amb el cotxe a l'adreça que hem trobat al llapis de memòria. Hi anem, mirem què és, i tornem.

–Tornem a on? Aquí? Ens quedem a dormir a ca la Melissa? Demano a la seva mare que ens prepari un llit supletori?

Aquest era un altre problema. Es començava a fer fosc, i calia trobar un lloc per passar la nit sense que ens trobés la colla dels orientals. En Jorge negava amb el cap mentre continuava fregant-se la cara amb el drap. A continuació, se la va ben netejar amb unes tovalloletes humides que, un cop utilitzades, llençava al cubell de les escombraries. Per acabar, es va passar una crema hidratant per la cara, i encara una altra al voltant dels ulls.

–Ni tan sols tinc roba per posar-me... –es va lamentar–. Vols que anem a l'empresa vestits de pallasso?

–Si no hi ha més remei...

–Tu estàs boig, criatura...

–Podem demanar uns pantalons i una camisa al pare de la nena rica...

–I què més? Vols que li demani un talonari? Vols que li demani les claus del Jaguar? Vols que li digui que ens quedarem a viure a casa seva a partir d'ara?

–Així què?

–Agafa la motxilla i anem al cotxe.

En Jorge es mirava al mirall i va semblar lamentar-se.

–No m'hauria d'haver tret la pintura. Ara només semblo un pallasso de coll avall.

Havia apuntat l'adreça d'InEXFREE a la meva llibreta de notes. En Jorge, abans d'arrencar, va buscar el carrer en una guia de la ciutat.

–És un carrer cèntric, a la City. No hem de patir. Donem-hi un cop d'ull.

S'estava fent fosc a Londres. Era la meva segona jornada a la ciutat i tenia una sensació estranya. Era com si tot el que m'estava passant no comptés, com si el cap de setmana de veritat, el regal de la padrina, hagués d'arribar després d'aclarir aquell garbuix de misteris. Assegut al costat del pallasso conductor mentre anàvem cap al centre, vaig pensar per primer cop que aquella sensació era un engany i que, en realitat, estava malgastant les hores del meu cap de setmana fent una sèrie de coses que no em tocava fer. En definitiva, vint-i-quatre hores més tard ja em tocaria ser a l'aeroport de Heathrow per agafar el vol de tornada a Barcelona sense haver visitat ni un sol monument, ni un sol museu; sense haver tastat *fish and chips*, sense haver passejat pel Covent Garden ni Oxford Street. A menys de vint-i-quatre hores de la tornada, em trobava travessant la ciutat en cot-

xe, amb un home disfressat de pallasso conduint amb el volant a la dreta per anar a la seu d'una empresa de dubtosa reputació. Ningú no s'ho creuria quan ho expliqués als companys de l'institut. Ja ho diu la mare: la realitat supera la ficció.

En Jorge va aturar el cotxe davant del número vint-i-quatre de Coleman Street. Just abans d'arribar-hi, va tenir una idea que em va deixar rumiant. I si es tractava d'una editorial per a la qual treballava o havia treballat la mare? I si el terrible delicte comès per InEXFREE consistia a publicar llibres infantils o juvenils? La mare viatjava sovint a l'estranger, a fires i congressos d'il·lustració o literatura infantil. Potser aquells bitllets d'avió es referien a trajectes finançats per l'editorial que ella i altres il·lustradors havien realitzat els darrers anys. I la mare bé podia ser un contacte de l'editorial a Barcelona: no tan sols parlava bé l'anglès, sinó que havia viscut a Londres un parell d'anys quan era jove. Tot quadrava, i la hipòtesi era versemblant. No em sonava haver llegit mai la paraula InEXFREE als llibres publicats per la mare a l'estranger, però potser aquest nom estava escrit en lletra petita, i no a la portada, sinó a l'interior.

–O fins i tot pot ser una empresa subsidiària que utilitzen les editorials per a segons quines feines –va suggerir en Jorge.

L'edifici del número vint-i-quatre no allotjava únicament InEXFREE, sinó un munt d'empreses que tenien seu en un dels cinc pisos dels quals constava l'edifici. Un sota l'altre, els rètols d'una dotzena d'empreses omplien la paret de l'entrada, al costat mateix dels timbres del porter automàtic. En el rètol, sota d'InEXFREE, no hi havia cap altra paraula. La porta d'accés a l'edifici estava tancada, cosa gens estranya tractant-se d'un dissabte a la tarda.

Jo vaig ser l'encarregat de baixar del cotxe i esbrinar aquests detalls. En Jorge, amb el vidre de la finestreta abaixat, em donava indicacions i es lamentava de la nostra sort.

Aleshores, ensopit i desanimat, vaig veure un gos sec i desnerit que sortia d'un carreró lateral. Va ser com un flaix. Aquell gos... aquella manera de caminar amb desesma... On havia vist abans aquell gos?

Ho vaig recordar de seguida. Era el gos a qui un dels ocells de la Yoko havia ventat una puntada de peu abans de pujar a casa de l'anomenat Rufus, l'invàlid. I si fos aquest edifici? I si, en lloc de l'ascensor principal, haguéssim utilitzat el muntacàrregues de servei? El carreró ombrívol d'aquell matí bé podia ser el mateix del qual acabava de sortir el gos abandonat.

Vaig fer un gest amb la mà a en Jorge, que em va preguntar què passava amb un moviment de barbeta.

–Espera'm aquí.

–On vas, si es pot saber?

–Tinc un pressentiment.

Vaig dirigir-me cap al carreró. Era estret i mal il·luminat. Només hi podia passar un cotxe. Hi havia un parell de cubells d'escombraries i un munt de bosses de plàstic a terra, foradades pels gats i els gossos del veïnat. Vaig avançar lentament.

El soroll de les meves petjades ressonava nítid i produïa una mena d'eco a causa de l'estretor del carrer que feia de passera entre dos edificis de considerable alçada.

Havia fet una vintena de passos quan em vaig aturar davant una porta que vaig reconèixer immediatament: per allí havíem entrar a l'edifici aquell matí.

No hi havia cap dubte: InEXFREE era l'empresa d'en Rufus, i no la seu d'una editorial.

Vaig córrer cap al cotxe per informar en Jorge de la troballa, però, abans d'arribar a la cantonada, vaig coincidir, cara a cara, amb el jove dels pantalons estripats que aquell matí m'havia anat a comprar l'esmorzar. Ell em va reconèixer de seguida, tot i que jo vaig desviar la mirada i vaig provar de passar pel seu costat sense immutar-me.

–Eh, noi! Atura't –em va ordenar immobilitzant-me amb una mà sobre l'espatlla–. Tu ets el noi de la Yoko!

–No sé de què em parla –li vaig dir, i vaig empènyer el cos endavant per alliberar-me de la seva pressió.

–No tan de pressa... Què hi fas aquí? D'on surts?

–M'estan esperant.

–I tant, que t'estan esperant! Fa un munt d'hores, que t'estan esperant!

Em va empentar cap a l'entrada lateral de l'edifici. Vaig provar d'escapar-me, però el jove em va ventar un clatellot que no m'esperava, i després em va empentar amb més violència.

–No facis més bestieses! En comencem a estar farts, de tu!

M'arrossegava cap a la porta estirant-me del braç quan, abans de tenir temps d'obrir-la, una veu va sonar darrere nostre.

–Quina mena d'educació has rebut a casa teva, noi?

En Jorge, descalç i amb el vestit folgat de pallasso, es va mirar el jove amb cara d'enfadat abans de ruixar-lo amb un esprai que sostenia a la mà dreta. De l'esprai en va sortir una bromera blanquinosa que, en dos segons, va deixar completament blanca la cara d'aquell paio, que es fregava els ulls com un desesperat mentre renegava.

–Una manera ràpida i neta de convertir-te en *clown* –va explicar-me en Jorge–. L'havies vist mai, aquest individu?

–Sí. Aquest matí era a casa de l'invàlid. Això et venia a explicar abans que el tipus m'enxampés: aquí és on m'han dut avui al matí! Aquí m'ha rebut l'anomenat Rufus!

–Verge Santa! Hauríem de sortir pitant!

–Què fem amb ell? –vaig preguntar assenyalant el jove de la cara blanca que havia caigut de genolls a terra i es fregava els ulls com un possés sense parar de xisclar.

–Ha avisat algú que eres aquí?

–No. No ha tingut temps.

–Aleshores...

En Jorge es va encongir tot flexionant les cames, es va col·locar en una posició estranya, i va ventar un cop de puny al jove que el va deixar estabornit.

–Aleshores ens l'endurem per treure-li informació. Apa, ajuda'm. Agafa'l per les cames. El fotrem dins el cotxe.

–No l'hauràs pas mort?

–El Vengador de Verazcruz sap on i com pegar per aconseguir segons quin efecte.

El trasllat del jove inconscient va ser prou fàcil. Ens vam creuar amb una parella de mitjana edat que observaven l'operació malfiant-se'n.

–No hi ha res pitjor que no saber beure! –els va comentar en Jorge mentre obria la porta del cotxe–. I només són les 8 del vespre! I el nuvi del comiat de solter soc jo, disfressat de pallasso, que ja té delicte, la cosa...!

Aquella parella es va encongir d'espatlles i va mirar en Jorge amb condescendència i assentint amb el cap.

Un cop dins el vehicle, en Jorge em va obligar a explicar-li-ho tot una altra vegada.

–O sigui que InEXFREE és el lloc on has estat aquest matí. Allí vas entrevistar-te amb el tal Rufus, el de la cadira de rodes. És a dir, que InEXFREE pertany als dolents, als corruptes. Són els que volen caçar la Giovanna...

–I la meva mare té alguna relació amb ells. Això és el que em sorprèn i em rebenta...

–Però potser...

–No hi ha «potser», Jorge. No es tracta de cap editorial infantil! A la meva mare la van proposar com a contacte a Barcelona. La meva pròpia mare està embolicada, sabent-ho o sense saber-ho, amb la gent que persegueix la seva amiga de l'ànima.

–Tot deu tenir una explicació...

–Doncs jo no la veig!

Ajagut als seients del darrere, el jove de la cara blanca i els pantalons estripats continuava sense recuperar el coneixement. En Jorge es va girar cap enrere i va regirar-li les butxaques dels pantalons fins que va trobar una cartera, un joc de claus i un mòbil.

Vam obrir la cartera per saber que el noi es deia Quentin Brown i havia nascut a Winchester l'any 1980. Portava cinquanta lliures a sobre, un parell de targetes magnètiques de banc i una targeta d'In-EXFREE. Un munt de paperots amb números de telèfons mòbils, un condó, un *flyer* de discoteca i una foto de carnet d'una noia negra somrient i feliç.

–A en Quentin li van les negretes... –va murmurar en Jorge.

En aquell moment va sonar el mòbil d'en Quentin. En Jorge em va mostrar el nom que apareixia en pantalla: «Rufus». Ens vam mirar uns segons i, abans de tenir temps de reaccionar, va prémer el botó verd.

–*Hey*.

Per sort es va tractar d'un monòleg més que d'una conversa. En Jorge, concentrat en la xerrameca que escoltava, només va dir «OK» en un parell d'ocasions, i de seguida va penjar.

–En Rufus està cabrejat.

–Què deia?

–Ni se n'ha adonat que jo no era en Quentin. El paio està sol a dalt, i escridassava el noi. Que on s'havia fotut, que si el volia matar amb la trigança, que pugés immediatament i que necessitava la merda.

–La merda?

–«*The old fucking shit*», ha dit exactament. El noi aquest ha anat a fer un encàrrec, i en Rufus l'està esperant amb candeletes.

–«*Old fucking shit*»?

En Jorge va tornar a regirar les butxaques d'en Quentin. Finalment va trobar una cosa que li havia passat desapercebuda durant la primera inspecció. Es tractava d'una bosseta de plàstic transparent plena d'un polsim blanc.

–Això és la «*fucking shit*» que espera en Rufus.

Era el primer cop en la meva vida que veia droga en directe.

–És cocaïna?

–No voldràs que la tasti, oi?

10

Vam aparcar el cotxe en un carrer proper i solitari.
En un tres i no res vam aconseguir, entre tots dos, treure a pes de braços el cos d'en Quentin i tancar-lo al maleter del cotxe, al costat de l'estoig de maquillatge de pallasso.

Vam tornar al carreró per accedir a la porta lateral de l'edifici, que estava oberta, com aquell mateix matí. Vam pujar en el muntacàrregues fins a la cinquena planta.

Segur que no hi serà, la Yoko?

–El paio estava sol, ho ha dit ben clar. Molt serà que tornin ara i ens enxampin.

La clau que obria la porta de la planta cinquena era ben diferent de la resta: una clau apta per obrir una porta blindada. En Jorge no va tenir cap dubte quan va veure el pany. La va introduir suaument, la va girar cap a la dreta, i la porta es va obrir de seguida.

L'espai em va tornar a colpir: l'estança sense parets ni envans, tota lliure, amplíssima, amb la blancor trencada pels quadres abstractes i coloristes a les parets. Al fons de tot, en la mateixa posició en què m'havia rebut al matí, en Rufus seia al costat de la llar de foc.

Una cosa havia canviat: ja no esperava immòbil a

la seva cadira, sinó que una estranya excitació el va fer girar-se cap a la porta per on havíem entrat. En comprovar que no érem qui esperava, es va passar la mà pels cabells i va accionar el comandament de la cadira per acostar-se mentre ens preguntava, cridant, qui érem, què volíem i com havíem entrat.

–Soc el nebot de la Giovanna Rognoni –vaig anunciar.

L'home va frenar la cadira i, esbufegant, va procurar controlar el seu estat neguitós, i fins i tot es va pentinar amb una mà mentre amb l'altra es refermava el nus de la corbata.

–Ah, hola! No t'havia reconegut! Que no has vingut amb la Yoko? On són l'Eagle i companyia? Qui és aquest home que t'acompanya?

En Jorge avançava al meu costat observant l'espai més que no pas l'amfitrió.

–No he vingut amb la Yoko, senyor Rufus. He vingut amb un amic.

–I... Com és això?... Vull dir... Com has entrat? Estic... Estic sol, ara mateix...

–Me n'alegro. Així podrem xerrar sense que ningú ens destorbi –va dir en Jorge.

–Com és que va vestit així, senyor? –va preguntar en Rufus forçant la vista, perquè encara no havíem arribat allà on ens esperava.

–Vaig vestit de pallasso. Què me'n diu? És o no és una sorpresa?

–De pallasso? Què vol dir de pallasso? No ha vingut la Yoko amb tu, marrec? –em va preguntar l'home.

Quan hi vam ser a la vora, vam descobrir les gotes de suor que perlejaven la cara de l'invàlid, el moviment frenètic de les seves parpelles i, fins i tot, com bellugava les aletes del nas.

–Estic esperant el meu ajudant, noi. Ara mateix no us podré atendre...

–Només volem fer-li un parell de preguntes, senyor Rufus.

–Ara no és hora de preguntes, em sap greu –va dir l'home, quequejant–. Espero el meu ajudant. Ara heu de marxar.

–El seu ajudant? Vol dir aquell noi amb els pantalons esparracats nascut l'any 1980 a Winchester que es fa dir Quentin i li duia aquesta bosseta? –va preguntar en Jorge, tot mostrant a en Rufus allò que havíem trobat a la butxaca del jove.

L'home es va posar més nerviós encara. Suava copiosament, i s'ennuegava només de respirar. La

seva pell es va tornar ràpidament vermella, i es va haver d'afluixar el nus de la corbata. Va provar d'accionar la cadira mecànica per fugir, però amb l'atabalament només va ser capaç de donar un parell de voltes de 360 graus.

–Farem un tracte, Rufus –va dir en Jorge amb la veu ferma–. Vostè contesta les nostres preguntes i nosaltres li donem la merda que li ha aconseguit en Quentin.

–No sé de què parlen... Si no se'n van immediatament telefonaré a la policia...

En Jorge sostenia la bosseta amb dos dits i la feia ballar davant dels ulls plorosos d'en Rufus.

–Un tracte és un tracte, Rufus. Vostè parla i nosaltres li donem la paperina.

L'home només s'ho va pensar cinc segons.

–Què volen saber?

–Així ens agrada. Bon noi. Parlarem, si és possible, en un raconet on hi hagi una mica d'intimitat. Que no té cap habitació tancada en aquesta nau fabulosa?

En Rufus va negar amb el cap.

–Que la gent pixa a la vista de tothom, potser? –va preguntar en Jorge.

Aleshores en Rufus ens va mostrar, amb el braç tremolós estirat, l'única porta, a part de la d'entrada, que hi havia en aquell espai immens. Era el primer cop en la meva vida que veia un ionqui amb el mono, que diuen.

En Rufus va girar la cadira i no vaig veure com consumia les petites dosis que li havia racionat en Jorge.

–La droga és molt dolenta, noi –em va xiuxiuejar en Jorge a cau d'orella.

Un cop saciat, el vell va girar la cadira amb el comandament i, amb signes evidents de trobar-se més relaxat, va continuar xerrant sobre allò que li havíem demanat.

–No, i ara! InEXFREE no té res a veure amb les drogues! D'on heu tret aquesta idea desgavellada? De veure'm a mi neguitós per culpa d'aquesta merda? Bah, no en feu cas. Jo ja soc una aposta perduda. Un zero a l'esquerra. I ara! InEXFREE és una empresa de transport, una empresa legal, enregistrada, amb llicència i comptabilitat neta. InEXFREE és la meva empresa de transports! No té res a veure amb les vostres sospites!

–Què vol dir «empresa de transports», exactament?

–Transport de mercaderia, és clar! Les nostres rutes uneixen Europa amb altres punts del món, amb Àsia, sobretot. Tenim una flota de camions i furgonetes per a càrregues menors, i un parell de vaixells de càrrega superior. Tenim contractes amb empreses capdavanteres en molts sectors, especialment el tèxtil i l'informàtic. Som una empresa digna i seriosa, senyor meu!

–Tenen seu o representació a la ciutat de Barcelona?

–A Barcelona? Que jo sàpiga, no. A Madrid sí que en tenim. Una persona. Quan treballem amb Barcelona o altres ports del Mediterrani, sempre connectem amb empreses intermediàries.

–Ens està enganyant, Rufus –va parlar en Jorge–. I sabem que ens està enganyant perquè hem tingut accés a una base de dades molt fiable en la qual consten factures d'InEXFREE i un munt d'informació addicional.

–No sé de què em parlen... A quina mena de base de dades es refereix?

Vaig treure la llibreta i la vaig passar a en Jorge.

–Factures de vols des de Frankfurt, des de Londres, des de Roma a destinacions intercontinentals arxivades en documents com ara «BEX 3-4-01», o «BEX 12-5-03», senyor Rufus; cartes adreçades al senyor M. H. Dexter, senyor Rufus... A aquesta mena de base de dades em refereixo.

L'home es va quedar mut mentre ens observava. Novament li va venir un atac d'angoixa, i la suor freda li va mullar el front.

–Em sembla que necessito una mica més de...

–Tot al seu temps, senyor Rufus –va dir en Jorge–. Ara toca explicar això de Barcelona.

–No tenim tractes amb Barcelona.

–Li sona el nom de.... Sara Boixeda? –va preguntar en Jorge consultant el nom de la meva mare escrit a la llibreta.

–No. No em sona de res.

–Quina memòria més dolenta, senyor Rufus...

–Només trafiquen amb roba i material informàtic? –vaig preguntar jo–. Vol dir que no trobaríem una altra mena de mercaderia escorcollant bé en la nostra base de dades?

–No trafiquem, noi! *Traficar* és un verb que no s'escau en aquest cas!

–Vol dir que la policia no fotria el nas als seus llibres de comptabilitat si els facilitéssim aquesta base de dades? –va preguntar en Jorge.

–Quin paper hi té la Giovanna Rognoni en el seu negoci de transport de mercaderies?

–On, per què i de qui s'amaga la Giovanna Rognoni?

–Quina mena de negoci ha enterbolit la Giovanna Rognoni?

Vam escometre'l a preguntes, i l'estat del nostre hoste va desmillorar notablement. Accionava el comandament de la cadira per poder-se girar i ficar-se al nas una d'aquelles ratlles finíssimes que en Jorge li havia preparat sobre el dipòsit del vàter, però nosaltres li ho impedíem falcant les rodes de la cadira amb els peus.

En aquell moment vam sentir com algú que havia entrat a la sala gran cridava el nom del nostre presoner. L'home va alçar el cap i va parar atenció. Abans que se li acudís posar-se a xisclar com un boig, en Jorge es va incorporar, va flexionar les cames i va repetir la mateixa posa prèvia a colpejar que havia utilitzat amb en Quentin Brown: braç doblegat en angle de noranta, torsió del tronc uns trenta graus cap a la dreta, i cop de puny sec i precís a la closca. En Rufus no va tenir temps d'adonar-se'n. Va rebre l'impacte i va vinclar el cos endavant, de tal manera que la barbeta li va quedar recolzada sobre el pit. Ni un soroll.

Em vaig aixecar per espiar per l'obertura de la porta del lavabo. Vaig descobrir, sorprès, com la Yoko, acompanyada dels tres ocells, creuava la nau minimalista. I no anaven sols. Els acompanyava l'Oliver, el noi que m'havia ajudat a escapar les dues vegades que havíem coincidit.

–Venen amb l'Oliver! –vaig anunciar a en Jorge, que en aquells moments havia obert la finestra del lavabo tot buscant una via per fugir.

Els nouvinguts buscaven en Rufus i s'estranyaven que no hi fos. Parlaven en anglès.

–Deu haver sortit amb en Quentin –va dir l'Oliver.

–No havien de sortir per a res. Vam quedar que ens esperarien aquí fins que tornéssim –es va lamentar la Yoko mentre encenia un cigarret.

Dos dels orientals van recular fins a la porta, i la Yoko i l'Oliver van ocupar les butaques on jo havia esmorzat. L'Eagle es va quedar dret, sempre observant, sempre protegint i controlant.

Em dolia que l'Oliver fos amb ells. Estava clar que no havia arribat a la seu d'InEXFREE com un ostatge, sinó com un aliat. L'Oliver era de la colla, i m'havia estat enganyant.

Me'l vaig mirar amb ràbia. El tipus havia interpretat bé el seu paper. En aquells moments xerrava de manera distesa amb la Yoko. Li devia fer alguna broma, perquè la dona va riure, i fins i tot l'oriental impassible va riure. L'Oliver va posar els peus sobre la panxa de la llar de foc i va demanar un cigarret a la Yoko.

–Em sembla que podrem sortir per aquí, noi –em va anunciar en Jorge–. Això és una mena de pati interior amb una escala d'incendis. És estrany, però és així. El que em pregunto és si seria preferible baixar fins a la planta baixa o pujar al terrat, que només està un pis per sobre nostre.

–I si la porta del terrat està tancada?

–Sí, ja ho sé. Aquest és el *handicap*.

–No podem marxar d'aquí sense haver esbrinat res! –em vaig queixar–. Hem posat en perill la nostra vida per escoltar només les mentides d'aquest malalt...!

–No hi podem fer res, Pol. Les coses van com van.

A la nau principal res no havia canviat. La Yoko i l'Oliver fumaven tranquil·lament mirant les brases, i l'Eagle, dret al seu costat, tenia els ulls concentrats en el mateix punt incandescent.

Tot d'una, la Yoko va treure el mòbil de la seva bossa de mà i va prémer uns botons.

Ni en Jorge ni jo estàvem acostumats a aquesta mena de situacions i, per això, no ens vam adonar a temps del que podia passar a continuació.

El mòbil d'en Rufus va sonar a la butxaca de la seva americana. En Jorge i jo ens vam quedar de pedra. Aquella música idiota sonava a dues passes d'allà on ens amagàvem, i no podíem fer res per aturar-la.

Els ocupants de la sala van escoltar la música del mòbil gairebé tan nítidament com nosaltres.

–Que ets al lavabo, Rufus? –va preguntar la Yoko mentre s'incorporava.

Ja no vaig veure res més. La mà d'en Jorge em va estirar cap a la finestra, cap a l'esquelètica escala d'incendis que serpentejava per la façana d'aquell celobert estret i fosc.

–Cap avall? –vaig preguntar a en Jorge.

–No hi ha temps. És un risc, noi, però cap amunt!

Fent-me la cadireta amb les mans, exactament com havia fet l'Oliver davant la finestra del vàter de l'aeroport de Londres, en Jorge em va ajudar a escalar, travessar el marc de fusta de la finestra, i buscar amb el peu l'esglaó més proper de l'escala de ferro. Una barana esquifida era l'única protecció que impedia caure al buit. Els esglaons eren ben estrets, només t'hi podies sostenir amb la punta del peu.

–No miris cap avall! Puja de pressa, Pol! No t'aturis!

Quan en Jorge va ser a l'escala darrere meu, tota ella va tremolar i, per un moment, vaig pensar que aquell esquelet de ferralla no aguantaria el pes de dues persones i s'esfondraria. Vencent aquesta por, vaig continuar pujant, agafant-me amb la mà esquerra a la barana i amb la dreta a la paret del celobert. En alçar el cap, vaig descobrir la porteta de fusta que comunicava aquell pati interior amb el terrat de l'edifici. Només calia esperar que estigués oberta.

Abans d'arribar-hi vaig sentir les paraules que deien els que havien entrat al lavabo d'InEXFREE i s'havien trobat amb el cos inert d'en Rufus. La Yoko i l'Oliver van trigar uns segons a descobrir que l'estat de l'invàlid no era degut a una lipotímia o al consum de drogues, sinó que la persona que l'havia colpejat fugia per la finestra. Tot d'una, quan jo ja era a dalt i comprovava que la porta estava oberta, les veus es van fer més clares: tots dos havien tret el cap per la finestra.

–L'han atacat! Estan fugint escales amunt!

En Jorge em seguia de ben a la vora.

–No paris, Pol! Surt al terrat!

Al mateix temps, la veu de la Yoko donava una ordre a l'Eagle:

–Puja amunt per l'escala o pel muntacàrregues! Afanya't! No poden escapar!

Era nit enllà. No hi havia llums que permetessin veure la forma ni les dimensions d'aquell terrat que, jo primer i en Jorge després, vam trepitjar un cop superada l'escala i oberta la porta. Pel terra hi havia claraboies i altres obertures tapades amb reixetes i plaques d'uralita. Hi sobresortien xemeneies, antenes, dipòsits, el departament superior del muntacàrregues i la sortida de l'escala interior de l'edifici. També hi havia un cobert on es devien guardar eines, el combustible de la calefacció i els comptadors de l'aire condicionat.

–Hem de passar a la casa veïna, Pol!

En Jorge, enmig de la foscor que accentuava la situació desesperada que vivíem, va agafar-me del braç i em va empènyer cap a la dreta. L'edifici del costat era pràcticament de la mateixa alçada que el que ocupàvem, i una senzilla balustrada llisa separava els dos terrats. Hi havia poc més d'un metre de desnivell, i la meva capacitat física podia, sens dubte, superar aquell obstacle.

–Salta, Pol, de pressa!

Era completament fosc. Gairebé no es distingia el terra del terrat veí. Però a la nostra esquena algú forçava una porta, i això volia dir que els nostres perseguidors estaven a punt d'enxampar-nos. No vaig tenir temps per dubtar: em vaig llançar del dret cap al terrat veí, i en Jorge ho va fer darrere meu.

11

Només em vaig fer una rascada al genoll. En Jorge va quedar dret al meu costat i em va ajudar a incorporar-me. Havíem escoltat l'impacte d'una porta de ferro contra una paret, senyal inequívoca que els orientals havien aconseguit desballestar el pany de la porta del terrat de l'edifici que acabàvem d'abandonar.

–Estàs ferit? Pots córrer una estona més?

I tant que podia. El terrat veí estava tant o més fosc que l'anterior, i a través de la llum que provenia de les claraboies a terra vam aconseguir trobar la porta d'accés a l'escala general de l'edifici. La sort estava de la nostra part: la vam trobar oberta.

Vam baixar els esglaons saltant-los de tres en tres i derrapant a cada replà. En Jorge va insistir a no agafar l'ascensor, que es podia convertir en una ratera. Ell saltava els esglaons davant meu, i el sentia esbufegar exhaust, i just aleshores em vaig adonar que anava descalç. Els seus peus nus havien resultat ferits amb diverses incisions, i duia els dits tacats de sang. Vestit de pallasso i descalç, el pobre Jorge havia hagut de pujar l'escala d'incendis i saltar d'un terrat a l'altre sense sabates. I ho estava fent tot per mi, per ajudar-me

a escapar, per posar-me a recer d'aquella colla de sonats que em perseguien. Ell no en treia cap benefici, d'aquella història; no li tocava gens de prop, tot el que passava. Ben segur que hauria fet el mateix per la Giovanna, que era la seva amiga a més a més de veïna, però a mi no em coneixia de res, i això encara tenia més mèrit.

Quan vam arribar a la planta baixa em sentia marejat: l'angoixa, el ritme de la carrera per les escales, la visió de la sang als peus d'en Jorge... una mica tot plegat provocava que se m'enterbolís la vista, i em feia l'efecte que d'un moment a un altre cauria a terra.

En Jorge em va immobilitzar amb el braç.

–Alerta! Hem de comprovar que no estan a fora, esperant-nos! Hi trauré el cap. Recordes on hem aparcat el cotxe? Doncs si et faig un senyal voldrà dir que no hi ha ningú a la vista, i aleshores surt corrent sense aturar-te. M'has entès? No t'aturis fins a arribar al cotxe!

–OK.

En Jorge va respirar profundament. Havíem baixat l'escala sense obrir el llum, per evitar que els altres sospitessin del nostre propòsit. Tot i a les fosques, vaig clissar com em picava l'ullet abans de sortir al carrer.

Ben arrambat a la paret, en Jorge va desaparèixer de la meva vista. El cor m'anava a cent per hora i la sensació de mareig no m'acabava de passar. Em vaig acostar a la porta de vidre de l'edifici per esbrinar on s'havia amagat i des d'on em faria el senyal, però no el vaig veure enlloc.

Va passar un minut, i després un altre. Jo estava cada vegada més nerviós i més marejat, i no hi havia cap senyal d'en Jorge. On s'havia ficat? A què estava esperant per avisar-me? I si ja m'havia fet el senyal i jo no me n'havia adonat? I si l'havien enxampat?

Em trobava fatal i només pensava a sortir a fora i respirar l'aire fred de la nit de Londres. No podia esperar més: havia d'arribar al cotxe.

No vaig pensar res. Ni tan sols vaig mirar a dreta i a esquerra. Vaig sortir i em vaig posar a córrer com un desesperat mentre intentava recordar el lloc exacte on havíem deixat el cotxe.

No em va costar gens trobar-lo. El problema fou que en Jorge no era allí. L'absència d'aquella persona a qui tant necessitava en un lloc tan estratègic com era el cotxe per fugir, em va enfonsar. Tornava a estar sol, en una ciutat que no era la meva, envoltat d'una gent a qui no coneixia, però que volien el meu mal. Tot era terrible i no hi havia manera de canviar-ho.

Necessitava estirar-me i relaxar-me per allunyar aquell mareig persistent i per calmar els batecs del meu cor. No tenia les claus del cotxe. L'única possibilitat era que en Jorge hagués deixat el maleter obert, per colar-m'hi. En aquell punt vaig recordar que al maleter del cotxe hi dúiem un home estabornit. Vaig pitjar la palanqueta del portaequipatges, que va cedir, i la porta s'obrí cap enlaire. Ajagut i recargolat com un cuc, en Quentin continuava inconscient al costat de la bossa de pintures d'en Jorge.

Vaig tancar-lo de seguida. Què podia fer? On havia d'anar?

Caminant arran de les parets vaig tornar a l'edifici d'InEXFREE, a la façana principal. Per la porta contigua havia sortit jo feia un minut i allí esperava trobar un indici de la presència d'en Jorge. Vaig creuar-me amb un parell de joves amb estètica *punk*, i amb una dona que passejava un gos per la vorera, davant l'edifici. Però d'en Jorge no n'hi havia ni rastre, com tampoc no n'hi havia de la Yoko ni dels seus homes. Tot estava en calma, com si res no hagués passat.

Vaig tornar al cotxe. Si el portaequipatges estava obert, també ho devien estar les portes, i així era. Vaig entrar i vaig seure al seient del copilot. El cap em rodava i una suor freda, com de febre, m'omplia de gotetes el front, el coll i les mans. Respirava amb dificultat. Amb una mà vaig buscar a les palpentes el dispositiu per reclinar cap enrere el seient i vaig fer pressió amb l'esquena. El respatller es va tombar força, gairebé fins a la posició horitzontal.

Amb els ulls tancats vaig provar de calmar-me.

No sé com vaig aconseguir-ho, però em vaig quedar adormit com un soc.

Em van despertar uns cops. Vaig obrir els ulls abans d'incorporar-me. Encara era negra nit. El meu rellotge marcava les 5.10 de la matinada. Vaig parar l'orella per esbrinar d'on provenien aquells sorolls esmorteïts que sonaven a prop meu. Mig minut després no en vaig tenir cap dubte: provenien del maleter.

Abans de sortir del cotxe, vaig obrir la guantera a la recerca d'alguna eina per defensar-me en el cas que en Quentin m'ataqués. Vaig treure un munt de paperassa, ben segur l'assegurança del vehicle i els permisos de circulació. També hi havia un parell de fundes de CD i una llanterna. Res que em pogués ser d'utilitat en aquell precís moment. Els cops no s'havien interromput i fins i tot vaig percebre una mena de tos: el pobre Quentin es devia estar ofegant allí darrere. Estava desant els papers i les fundes de CD a la guantera, quan va caure, d'entre la paperassa, una targeta identificadora plastificada, d'aquelles que duen una agulla imperdible darrere i que la gent s'enganxa a la pitrera o a la solapa de l'americana. Vaig tornar a agafar la llanterna de la guantera i la vaig encendre mentre m'apropava la targeta als ulls.

El cor se'm va tornar a posar a cent per hora. No podia ser: «Jorge Palacios. InEXFREE management».

Què significava allò? La mà em tremolava mentre subjectava la targeta. En Jorge era mànager d'InEXFREE? No recordava si el seu cognom era Palacios, però si aquella targeta es trobava a la guantera del seu cotxe, i ell es deia Jorge, ben segur que li pertanyia. Treballava a InEXFREE? En Jorge m'havia enganyat i estava jugant amb mi igual que ho feia l'Oliver?

Els cops i la tos van augmentar de freqüència. No podia deixar que aquell paio s'ofegués al portaequipatges.

Vaig sortir del cotxe. No passava ningú pel carrer. Londres dormia encara a aquelles hores de la matinada. Vaig pitjar la palanqueta i la porta es va obrir. En Quentin es va incorporar de seguida. Respirava amb dificultat, com si li faltés aire. Em va mirar amb els ulls espantats i es va posar una mà al pit.

–Surt. Surt a fora –li vaig ordenar.

Amb les extremitats entumides va aconseguir agenollar-se i, després, amb l'ajuda de la meva mà, es va dreçar per sortir d'aquell forat.

–Què ha passat? On soc?

–T'hem hagut de tancar aquí dins.

–Ets el noi d'aquest matí, no? Qui estava amb tu?

No calia contestar les seves preguntes. Quan va ser a terra, va vinclar el cos endavant i va recolzar els palmells de les mans sobre els genolls. Li costava respirar i va vomitar una mica. Després va seure a terra, amb les cames encongides, i em va anunciar que es trobava molt malament.

–M'hauríeu pogut matar... Una mica més i m'ofego.

–Estava controlat. Jo era dins el cotxe, esperant que et despertessis.

–Qui t'ajuda? –va tornar a preguntar.

No sé com se'm va acudir. Potser va ser un acte reflex. Sense badar boca, li vaig allargar la targeta identificadora que havia trobat a la guantera.

En Quentin, que encara duia la cara pintada de blanc, la va agafar i se la va apropar als ulls per llegir-la amb l'ajuda de la llum d'un fanal.

–Estàs amb en Jorge? És ell qui m'ha pegat? –em va demanar.

–Sí.

–On és ara?

–No ho sé.

En Quentin em va tornar la targeta a la vegada que vomitava per segon cop al meu costat, i em va esquitxar les esportives. Es va treure un mocador de paper de la butxaca per netejar-se els llavis i després em va mirar fixament.

–Què t'ha dit en Jorge? Fins a quin punt estàs al corrent de la situació?

Va tornar a vomitar, ja només una glopada. Mentre es refeia vaig aprofitar per acostar-me a un arbust proper i fer un pipí llarg i lent. Quan vaig tornar al seu costat, en Quentin s'havia posat dret i premia els botons del seu mòbil.

–Dec estar blanc com un paper –va murmurar.

–Més del que et penses –vaig dir.

Jo estava cansat i desorientat. Se m'havia escapat completament el control de les coses, i no pretenia buscar explicació a cap dels esdeveniments que es produïssin en les hores següents. En Quentin va fer una trucada i va parlar en un anglès tancadíssim que no vaig entendre. A continuació, va respondre al seu interlocutor només amb monosíl·labs, «sí», «no», «encara no». A mi tot m'era igual. Quan va acabar la conversa em va demanar les claus del cotxe d'en Jorge. Li vaig dir que no les tenia.

–És obert, no? Aleshores sé on en guarda un joc. Entra-hi.

Vaig obeir-lo. No podia fer cap altra cosa. No m'importava gens ni mica qui era aquell paio, ni per què sabia que en Jorge guardava un joc de claus del seu cotxe. Tot m'estava bé. No calia buscar explicacions ni fer hipòtesis. Era com si, d'alguna manera, m'hagués rendit. Com si hagués abandonat el joc. De fet, era com si hagués perdut la partida.

Vaig seure al seient del copilot mentre en Quentin ocupava el del conductor. Va extreure d'un cop sec el cendrer de la part anterior, entre el canvi de marxes i la guantera, i del forat que va deixar el cendrer en va treure una clau.

–És aquí! –ho va celebrar en Quentin.

En el moment d'engegar el cotxe es devia veure la cara al mirall retrovisor.

–Coi! Què m'heu fet, a la cara?

–En Jorge et va ruixar amb un esprai.

–Semblo un zombi!

–És esprai de pallasso. On anem? –li vaig demanar quan posava segona.

–T'ho explicaré pel camí.

–M'agradaria saber-ho abans. No soc d'aquí, tinc només catorze anys. No entenc res del que està passant.

–Tens raó, tot és una mica complicat. –Va frenar el cotxe i va posar els intermitents de posició.

–No sé si ets dels bons o dels dolents –li vaig dir–. De fet, ja no sé qui són els bons ni els dolents. Em duus amb la Yoko?

En Quentin va riure mentre tornava a posar primera i arrencava el cotxe.

–No, més aviat no. Jo soc dels altres.

–Els bons?

–Bons, dolents... No ho sé, noi, tot és relatiu. Els policies, gairebé sempre, som els bons. No sé si això servirà per tranquil·litzar-te...

–Tu ets policia? Tu no ets el secretari d'en Rufus?

–Soc policia. No soc el secretari d'en Rufus. Però em faig passar pel secretari d'en Rufus. Podríem dir que estic en missió secreta.

–I en Jorge?

–Si fa no fa, interpreta el mateix paper que jo.

–És policia?

–És policia, correcte.

–No és pallasso?

–No és pallasso. Però interpreta aquest paper, el de pallasso, de manera semblant a com jo interpreto el paper de secretari d'en Rufus.

–No és tampoc mànager d'InEXFREE?

–No, tampoc. Es tracta d'una altra disfressa, com la de pallasso.

–Jo l'he vist fent de pallasso, aquesta tarda mateix, a la festa d'aniversari d'una nena que es diu Melissa.

–I ho feia bé?

–Sí. Ha fet riure la mainada.

–En Jorge és un professional.

–Tot és mentida, aleshores.

–En aquest món, això de la veritat i la mentida és força relatiu.

La ciutat de Londres despertava lentament mentre recorríem els seus carrers deshabitats en el cotxe d'en Jorge, el pallasso policia que, tal com m'anava explicant en Quentin en un anglès assequible perquè l'entengués, s'havia infiltrat a l'empresa InEXFREE en una missió secreta i perillosa de la qual ell també formava part.

–Fa temps que anem darrere una màfia de connexions internacionals. Scotland Yard ha anomenat "Operació Kyoto" l'operació policial destinada a desmantellar-la. En Jorge i jo som dues de les peces cabdals de l'operació i la nostra missió consisteix a infiltrar-nos a la xarxa d'en Rufus McQuincey, el *capo* visible a Europa. Fa mesos que hi treballem; no saps el risc i l'estrès que suposa ser un altre tantes hores al dia durant tants mesos. El cas és que, pel que es veu, s'han accelerat els esdeveniments just ara, quan encara no era l'hora d'actuar de manera coordinada amb Scotland Yard i la Interpol. De tota manera, cal esbrinar primer quina és la situació exacta i no precipitar res abans d'hora.

–Jo no sé què hi pinto, en tot això...

–Jo tampoc n'estic del tot segur. Hauràs de tenir paciència, noi. Ara per ara, no has de patir: estàs en bones mans. Quan vas arribar a Londres?

–Divendres a la tarda.

–I de seguida vas contactar amb en Jorge?

–Sí. Em vaig escapar de la dona anomenada Yoko a l'aeroport, i a continuació vaig trobar en Jorge.

–Aleshores has estat en bones mans des del principi. No m'ho pensava pas. Ahir al matí vas arribar sol amb els orientals a la nau d'en Rufus, sense en Jorge, vull dir, i vaig suposar que ja t'havien caçat.

–Va ser una separació momentània. També me'n vaig poder escapar, dels orientals, una estona més tard...

–Sembla que hi ha un àngel de la guarda que et

protegeix i et posa en mans de qui et convé.

–Les dues vegades em va ajudar un tipus anomenat Oliver. Saps qui és?

–No.

–Aquesta nit, quan hem tornat a casa d'en Rufus, l'Oliver estava amb la Yoko i els orientals. Imagino que forma part de la colla.

En Quentin em va demanar que li expliqués, pas per pas, tot el que havíem fet en Jorge i jo des que el vam deixar estabornit al cotxe. Vaig començar el relat i, tot d'una, mentre parlava, vaig tenir una revelació que em va deixar intrigat i neguitós. Si en Quentin i en Jorge treballaven junts, com és que el pallasso l'havia colpejat i l'havia deixat sense sentit? El cop que li va ventar i que el va deixar inconscient abans de ficar-lo al maleter del cotxe no havia estat simulat, tot el contrari. El cop de virtuós va ser de debò, i en Quentin havia passat un munt d'hores inconscient al maleter. Per què, si treballaven junts, l'un havia actuat amb tanta violència contra l'altre? Ningú, a part de mi, havia estat testimoni de l'agressió. L'encontre s'havia produït al carreró fosc i solitari. Si hi hagués hagut gent, o si algú de la colla d'en Rufus hagués presenciat la baralla, potser tot tindria un sentit: en Jorge s'hauria vist obligat a actuar amb contundència i deixar KO un personatge que, en teoria, pertanyia al bàndol enemic. Ho hauria fet per donar versemblança a la interpretació. Però en aquell carreró, la nit passada, només hi érem nosaltres tres. Aleshores... per què l'havia ferit de debò? Només perquè jo m'ho empassés? Quin sentit tenia tota aquella farsa?

Em costava concentrar-me en l'explicació dels fets mentre donava voltes a la qüestió del cop fulminant. En Quentin ho va notar.

–Que passa alguna cosa, noi?

–No res. Que estic molt cansat i em costa concentrar-me per parlar un bon anglès...

–Doncs no t'hi esforcis. He entès gairebé tot el que m'has dit. Ara tanca els ulls i relaxa't. De seguida haurem arribat a lloc i podràs descansar una estona en un bon jaç.

No tenia cap intenció de tancar els ulls ni de relaxar-me abans d'hora. Novament em trobava davant un dubte seriós. M'estava enredant, en Quentin? Estava interpretant un paper en la comèdia? Era com la Yoko, com l'Oliver, com en Jorge, com en Samuel?

Era com tots els personatges que havia conegut des que havia arribat a Londres?

Davant meu, en Jorge i en Quentin només havien coincidit un cop, precisament al carreró on va tenir lloc la confrontació. Però el cas és que en Quentin sabia qui era en Jorge, i sabia on guardava les claus del cotxe. En tot cas, em trobava travessant Londres de matinada en companyia d'un jove que no sabia qui era, ni què feia, ni què volia de mi, ni on em portava. Em vaig imaginar la cara de babau del meu pare a Barcelona si pogués saber tot allò que estava passant al seu fill des que havia arribat a la ciutat...

Havíem deixat el centre de la ciutat i ens trobàvem en una mena de polígon industrial. A través de la finestreta apareixien naus i fàbriques, hangars i tancats de maquinària. El sol ja havia conquerit la foscor i tot brillava com si fos nou, com si les façanes, els vehicles i l'asfalt dels carrers acabessin de sorgir del no-res uns minuts abans.

–Ja hem arribat, noi –va dir en Quentin.

Havia aparcat davant una d'aquelles naus, en un pàrquing senyalitzat que, a aquelles hores del matí, encara tenia un munt de places lliures.

–On som? Qui hi viu, aquí? –vaig preguntar.

–Això que descobriràs ara és confidencial. Ningú no hi ha estat mai, aquí. Es tracta del centre de gestió, investigació i coordinació de l'Operació Kyoto.

12

 Aparentment, aquell edifici albergava una fàbrica de pinsos. Així ho anunciava un cartell pintat directament sobre la façana. A través d'una gran porta corredissa de ferro s'accedia a una nau vestíbul on, darrere un taulell, tres dones uniformades amb bata blanca amb el logotip de l'empresa atenien els visitants. Tot neutre, tot fred, amb grans pòsters sobre alimentació i cria de pollastres a les parets. Les dones duien el cabell recollit amb una mena de xarxa per raons d'higiene. Qualsevol persona que accedís a aquell interior no sospitaria mai què hi havia darrere la porta metàl·lica tancada que comunicava el vestíbul amb la nau interior. Perquè, un cop vam traspassar-la, davant els meus ulls es va materialitzar un centre d'alta tecnologia i un eixam d'oficines intercomunicades que omplien un espai immens en el qual treballaven una quantitat impressionant de persones. Inspectors, comissaris, gent de paisà, hostesses, gossos ensinistrats... Allò que simulava ser una fàbrica de pinsos era en realitat un centre de comunicacions ultramodern, m'explicava en Quentin, amb pantalles planes d'ordinador a totes les taules i amb monitors de més de tres metres en llocs concrets de l'espai on es projectaven imatges sense parar. Persones de totes les races i cultures es movien frenètiques pels passadissos i entraven i sortien dels despatxos. Sonaven alhora centenars de telèfons, faxs i mòbils. Una activitat aclaparadora que mantenia ocupat tot el personal de la policia.

En Quentin saludava sense parar les persones que ens anàvem creuant mentre travessàvem la nau, la majoria de les quals li demanaven, divertides, on anava amb la cara pintada de blanc. Em va sobtar veure dones que vestien un quimono oriental, i vaig deduir que eren investigadores o policies japoneses que havien vingut a Londres per treballar en l'Operació Kyoto. Tot era tan impressionant i s'escapava tant de la meva comprensió, que m'espantava pensar que la Giovanna i la mare estiguessin implicades en un afer de tanta envergadura.

–Avui és diumenge –em va dir en Quentin– i la gent normalment no treballa els diumenges. Però fixa't aquí! Per a la policia no hi ha diumenge que valgui!

Ens vam aturar davant la porta d'un despatx tancat. En Quentin va picar amb els artells de la mà i no va obrir fins que no vam sentir una veu ronca que ens permetia l'accés.

Assegut en una taula davant un ordinador i envoltat de paperassa, hi havia un home d'uns cinquanta i pocs anys que sostenia un cigarret entre els llavis mentre teclejava sense parar.

–Bon dia, senyor Black. Aquest és el noi.

–Sembles un mort en vida! Què redimonis ha passat? Vens sol, Willy? I en Palacios?

–Ha desaparegut. He trucat fa una estona i he rebut ordres de presentar-me amb el noi. Em pensava que en Jorge ja seria aquí.

–Doncs no en tinc constància.

L'home es va aixecar de la cadira i es va apropar per saludar-me amb una encaixada sense haver-se tret encara el cigarret de la boca.

–Hola, noi. Em dic Julien Black i soc el comandant en cap de l'operació.

–Bon dia. Em dic Pol.

–El noi no ha dormit gens, senyor Black. Li hauríem de proporcionar un llit per descansar.

–Està bé. Porta'l a dalt. Que li serveixin un bon esmorzar abans de ficar-se al llit. I tu baixa de seguida. I amb la cara neta.

–OK.

–Que descansis, noi. Després parlarem d'un munt de coses –em va dir en Black.

–Voldria saber on és la Giovanna Rognoni. Encara no l'he vista des que vaig arribar a Londres.

–No has de patir per ella. Tot està sota el nostre control. Ara descansa. Vull que estiguis ben despert d'aquí a unes hores, perquè ens has de proporcionar una informació vital per al desenvolupament de l'operació.

–Puc veure-la? És aquí amb vostès?

–La Rognoni? Oh, no. Ella està segura i sota protecció, però lluny de tot aquest enrenou.

–D'aquí a unes hores surt el meu vol cap a Barcelona... –vaig anunciar.

–No has de patir per res. Ara et toca descansar.

En Quentin, que possiblement es deia Willy, em va posar una mà sobre l'espatlla i em va demanar que l'acompanyés. Ni ell ni jo no ens vam acomiadar del senyor Black, que de seguida va tornar a la taula i es va posar a teclejar com un boig a l'ordinador.

Per un dels laterals de la nau, una escala d'obra s'enlairava fins a un primer nivell. No es tractava exactament d'un pis, sinó més aviat d'un altell que recorria la nau en forma de L. Les parets de l'altell que donaven a la nau principal eren de vidre, i des d'allí es podia veure l'activitat de totes aquelles persones que hi treballaven.

–Voldria trucar a casa meva, a Barcelona.

–Ara? Abans de descansar?

–Fa moltes hores que els meus pares no saben res de mi i deuen estar preocupats.

–Està bé. Mentre esmorzes podràs fer-ho. Jo mateix et deixaré el mòbil.

Vam entrar en una sala plena de butaques i taules disposades com un petit restaurant. Dues cambreres servien la gent que hi seia. Vam ocupar una taula de dues places i en Quentin va fer una comanda a les noies: dos esmorzars continentals. A continuació, mentre esperàvem que ens els portessin, es va treure el mòbil de la butxaca i me'l va donar.

A casa, al fix, no hi havia ningú. Era diumenge al matí, a primera hora. Era molt estrany que no hi hagués ningú a casa. Molt estrany. No vaig deixar cap missatge. Després vaig provar al mòbil de la mare. Una veu va anunciar que el telèfon estava desconnectat o fora de cobertura. No em sabia de memòria el número del pare.

–No hi ha hagut sort? –em va preguntar en Quentin quan li vaig tornar l'aparell.

–No. I és molt estrany. Un diumenge, a dos quarts de vuit del matí, la meva família sempre és a casa.

Les cambreres ens van dur l'esmorzar. L'olor de les pastes acabades de sortir del forn i del bacó torradet em va fer despertar la gana. M'hauria menjat un bou sencer. També van dur fruita, pa de cereals, una gerra de suc de taronja i dues tasses de cafè amb llet.

En Quentin i jo vam devorar en silenci aquell esmorzar suculent. Un cop acabat, em va acompanyar fins a una habitació senzilla que constava d'un llit i un lavabo.

–Has de dormir una estona. Intenta relaxar-te. I no pensis en el vol a Barcelona. Tot anirà bé, i actuarem de manera que ni tu ni ningú de la teva família sortiu perjudicats d'aquesta important operació.

Abans que marxés i em deixés sol, li vaig agafar la mà.

–Em promets que tot està bé? Que la meva padrina Giovanna no està en perill? De debò que sou

policies i que estic en bones mans?

–És clar! –va dir amb un somriure mentre em passava una mà pel cabell–. Tot et deu resultar estrafolari, i t'entenc. Ja has patit prou, noi. Pots confiar en mi i en la gent que ens envolta.

–Des que he arribat tot han estat problemes, i enganys, i situacions difícils, i...

–Tot això s'ha acabat. Ara estàs sa i estalvi en mans de la policia que controla aquest joc. Descansa, noi.

Em va somriure i després va marxar. Vaig fer un pipí i, a continuació, em vaig estirar al llit. No tenia ganes de dormir. Només tenia ganes que algú m'expliqués què significava l'aventura a Londres i que em digués com s'havia d'acabar. També tenia ganes de tornar a Barcelona, tornar a casa, tornar a l'institut i veure els meus amics.

Se'm van escapar unes llàgrimes. No les vaig poder evitar. Vaig pensar que m'agradaria adormir-me i despertar al meu llit, a casa, amb el despertador al costat que m'anunciava que eren les set i que m'havia de llevar, i que a les vuit hi havia la classe de *mates*, i que a les deu hi havia control de llengua. Llevar-me i fer les accions habituals de cada matí: pixar, dutxar-me, prendre el iogurt amb cereals, la llet amb Cola Cao; vestir-me de pressa i donar un cop d'ull a l'agenda per saber què m'havia d'endur. Sortir de casa, agafar el bus, arribar a l'escola amb el temps just; saludar en Dani, escoltar el pesat de *mates*... tot allò habitual que feia cada dia, i que em resultava avorrit. Però ho volia. Necessitava tornar a l'ordre quotidià, a les coses habituals, a les situacions repetides. No volia que em duguessin a llocs desconeguts, a una empresa de pinsos que era un centre d'operacions de la policia. No volia conèixer gent que es deia d'una manera i feia una determinada feina, i al cap d'unes hores descobria que no es deia com jo pensava ni feia la feina que m'havia dit que feia. No volia orientals que sorgien del passat de les històries de la meva mare. No volia pallassos, ni

Melissas, ni cops precisos i mortífers. No volia veure cap més avi drogoaddicte, ni saber de cap més transacció econòmica il·legal signada per la meva mare.

Soc en Pol, i tinc catorze anys, i penso que tinc prou temps per endavant per viure les aventures que jo vulgui viure. Les que jo triï.

Els pensaments es van transformar progressivament en somni sense que me n'adonés. Ja no pensava, dormia. Somiava. Melisses amb pistola, Giovannes disfressades de japonesa, Yokos drogades i assegudes en cadires de rodes.

Em vaig despertar suat i atemorit sense saber-ne el motiu. Panteixant, assegut al llit, vaig mirar el rellotge. Només eren les 10 del matí. Potser havia dormit una hora i mitja. Em trobava cansat i, fins i tot, més neguitós que abans de jeure.

No volia dormir més. Volia saber on era la Giovanna, i volia saber qui eren en Rufus i la Yoko, i què hi tenia a veure la meva mare amb ells. Volia trobar en Quentin, o en Jorge, i que m'acompanyessin davant el senyor Black perquè m'ho expliqués tot. Volia que em facturessin en un taxi fins a l'aeroport de Heathrow per tornar de seguida a casa.

Em vaig incorporar del llit i vaig anar fins a la porta. Estava tancada per fora i no podia obrir.

Vaig forçar amunt i avall el mànec, primer amb estranyesa, després amb neguit.

Vaig cridar en Quentin un parell de cops. Després, cridant més, vaig anunciar que ja m'havia despertat i que volia sortir. Vaig provar amb el nom de Willy, amb el nom de *Mister* Black. Finalment vaig optar per donar cops de puny a la porta i cridar a plena veu fins que algú em sentís i em vingués a obrir.

Es va disparar un dispositiu, com si algú hagués premut un interruptor. La porta es va obrir.

Aterrit, vaig veure com l'Eagle entrava a l'habitació amb una xeringa a les mans. «*Shut up!*», va murmurar, imperatiu.

Gairebé se'm talla la respiració. L'Eagle em va ventar una empenta i vaig caure sobre el llit.

El seu cos enorme es va inclinar sobre el meu. El seu rostre angulós, els seus ulls ametllats. Hi havia alguna cosa de felí en la manera com aproximava la seva cara a la meva.

Abans de tenir temps de cridar, vaig experimentar la punxada d'una agulla al braç.

Després ja no vaig tenir capacitat per a res. Ni per cridar, ni per aixecar-me. Em va vèncer una son pesada i feixuga. No tan sols se m'adormia la ment, sinó també les diferents parts del cos, una a una. La darrera visió va ser la de l'Eagle immens amb la xeringa a la mà. «*Sweet Dreams*», va murmurar. I es va esvair.

13

Em van despertar uns crits. Es tractava d'uns crits curts, secs, a intervals regulars, que proferien unes quantes persones a la vegada.

Em costava molt obrir les parpelles, era com si em pesessin. Tenia la desagradable sensació de tenir tot el cos adormit. El pessigolleig típic de quan se t'adorm una cama, però aplicat a tota la superfície del cos. Pessigolleig a les cames, als peus, als braços, al tòrax, als malucs, a les espatlles... Els crits, però, m'intrigaven, i vaig forçar-me a obrir les pesades parpelles.

Davant meu, d'esquena, un grup d'homes descamisats imitaven els moviments d'un oriental, que devia fer de guia. Es tractava de moviments nets i sinuosos, una barreja de taitxí i *full-contact*. El professor realitzava un moviment de braços elegant i l'acabava amb un cop sec, com si volgués colpejar algú. Aleshores els alumnes el repetien, tot fent un crit o una exclamació quan ventaven el cop final.

Estàvem en un exterior, i jo reposava a l'ombra d'un gran arbre, damunt una catifa de gespa. Les esquenes nues dels homes estaven mullades de suor, tot i que no feia gens de calor. El professor,

en canvi, anava vestit com si estigués a ple hivern, amb uns pantalons de xandall ben folgats, una camisa oberta damunt d'un jersei que li arribava a mitja cama, i un turbant al cap.

Em costava moure'm, fins i tot aixecar un braç o torçar una mica el cap. Molt lentament vaig aconseguir mirar el rellotge del canell: era un quart de quatre de la tarda. Un parell d'hores més tard havia de ser a Heathrow per agafar l'avió de tornada a Barcelona.

Quan el professor va fer un darrer moviment amb cop sec final, es va aturar i va saludar amb una reverència els seus alumnes. Amb les mans juntes al pit, com si resés, es va inclinar endavant. El cap gairebé li va tocar els genolls. A continuació, i com a resposta, els seus alumnes van imitar el gest i el grup es va dissoldre.

La majoria d'homes eren orientals, però un d'ells no. Era en Jorge.

Es va acostar on jo jeia i em va somriure en adonar-se que m'havia despertat. Es va ajupir i em va amanyagar la galta.

–Com va això, campió?

Vaig obrir la boca, però ell va negar amb el cap.

–No, Pol. Estàs dèbil i encara no t'han passat els efectes del somnífer. No forcis el cos. Imagino que tens un munt de preguntes per fer-me, però ja hi haurà temps.

Darrere en Jorge, es van fer evidents a la meva vista cansada les cames d'un home que duia pantalons negres. A poc a poc vaig alçar els ulls per descobrir, atònit, que era l'Eagle en persona qui s'havia situat darrere el pallasso-policia. El meu astorament va impulsar en Jorge a parlar-me.

–L'Eagle ja el coneixes. Hauràs de fer un canvi en l'organigrama dels personatges. L'Eagle l'has de posar del costat dels bons.

–També és policia?

–També. Jo soc policia, això suposo que ja ho sabies, i ara resulta que el nostre amic Eagle també ho és. Sorprès?

–Sí. O no. Ja no sé si em sorprèn res del que em diguis...

–L'Eagle i jo estem treballant com a infiltrats per dur a bon terme l'Operació Kyoto.

–Em pensava que els infiltrats éreu només tu i en Quentin.

–En Quentin no és cap infiltrat, Pol. En Quentin l'has de posar de la banda dels dolents.

De mica en mica la meva ment tornava a la lucidesa. En Jorge i l'oriental em van ajudar a incorporar-me i vaig seure a terra, amb l'esquena recolzada contra el tronc de l'arbre.

–En Quentin em va dir que era policia.

–Et va mentir. No t'hauria d'estranyar gens. Tothom t'ha mentit des que vas arribar a la ciutat.

–Sabia el teu nom, i sabia on guardaves les claus del cotxe...

–En Quentin era policia, però es va canviar de bàndol no fa gaire. Té la preparació i la intuïció d'un bon policia, però treballa per als altres. Coneixes *Star Wars*? En Quentin és com en Darth Vader: es va passar al «Costat Fosc».

–Aleshores... El senyor Black... i aquella nau immensa... plena de gent treballant...

–El «Costat Fosc» es poderós, Pol. Especialment quan tenen darrere una xarxa internacional d'extorsió i de blanqueig de diners que els cobreix les espatlles i posa els darrers avenços tecnològics al seu abast...

–Aquella fàbrica de pinsos no pertany a la policia...

–No, i ara! La policia té els seus llocs de feina habituals!

El tors nu d'en Jorge estava cobert de suor i l'Eagle, en un anglès amb tocs orientals, li va recomanar posar-se la camisa per no agafar fred.

–Aquest home és com un pare per a mi... –em va confessar en Jorge.

La por que m'havia arribat a fer aquell armari oriental des del primer cop que el vaig veure! I ara resultava que era un policia i que, per tant, sempre havia estat un policia!

Em vaig anar trobant millor. L'Eagle em va anar a comprar un refresc de taronja a un quiosc. Ens trobàvem a Hyde Park, al centre de Londres. En Jorge em va explicar que cap diumenge del món no es perdia les sessions d'*aikido* del mestre Kiuji, l'activitat física i espiritual que més el relaxava. Assegurava que sense els consells i els exercicis del mestre, no sabria viure. Quan em vaig refer del tot i vam començar a caminar pel parc, els vaig exposar la meva por de perdre l'avió.

–Em temo que hauràs de posposar la teva tornada un parell de dies, noi. Tal com estan les coses, és impossible que agafis l'avió.

–Però, i els pares? Els he d'avisar de seguida!

En Jorge es va treure un mòbil de la butxaca dels pantalons.

–Truca'ls.

–I què els dic?

–Ja t'ho vaig advertir un cop: improvisa. Inventa't qualsevol excusa.

–La mare voldrà parlar amb la Giovanna, n'estic convençut.

–Passa-me-la a mi. Jo la convenceré –va dir en Jorge.

Una vegada més va resultar impossible posar-me en contacte amb ells. Ni a casa ni al mòbil de la mare.

–És molt estrany. No hi són o tenen el telèfon desconnectat.

–Senyal que no pateixen per tu...

–Precisament per això em sembla estrany...

Ens dirigíem a un pis franc de la policia al costat mateix del parc. Mentre caminàvem, en Jorge va provar d'explicar-me quina era exactament la situació.

–Comencem pel principi: la policia té engegada una operació per detenir un grup criminal que controla un hòlding[3] d'empreses arreu del món. Perquè te'n facis una idea: blanqueig de diners, tràfic d'armes i d'estupefaents, coses d'aquest estil que ara no venen al cas. Reben cobertura a través d'associacions i de particulars que fan de tapadora, mitjançant els quals legalitzen els diners aconseguits de manera fraudulenta. Fa anys que el negoci els va sobre rodes i han aconseguit una infraestructura que ja voldríem molts de nosaltres. Bé, resumim i anem al gra: l'Eagle i jo, policies tots dos, ens infiltrem en la xarxa a través de l'empresa InEXFREE, una de les tapadores amb equip operatiu a la ciutat de Londres. L'Eagle es col·loca com a guardaespatlles d'una de les *capo*, la que tu coneixes com a Yoko, però que en realitat es diu Huri Hiyamoto, i és coneguda com *la Gasela nipona* en l'argot de

3. Forma d'integració empresarial. Diverses empreses en mans d'un grup capitalista.

l'Operació Kyoto. La Gasela treballa per a en Rufus McQuincey, director d'InEXFREE, un aristòcrata vingut a menys, incapacitat a causa d'un accident de circulació, i que prova d'alleujar el seu fracàs mitjançant dosis cada cop més elevades d'aquella *old fucking shit* que tots dos coneixem. Gràcies a l'Eagle i la seva perícia, aconsegueixo un carnet

que m'identifica com a mànager de l'empresa sense que cap dels seus directius m'hagi vist mai la cara, i entro en contacte amb les empreses subsidiàries. Això vol dir que em presento a les seus dels diferents negocis que giren al voltant del d'en Rufus, em faig passar per un d'ells i tinc accés als seus ordinadors i als seus comptes sense que ningú d'InEXFREE em conegui.

–I per què fas de pallasso?

–Punt dos: el pallasso Whoopi. Tota la part que et vaig explicar de la meva història mexicana és certa, i tinc formació de lluitador i d'actor. Se'm va encarregar la missió d'entrar a casa d'un dels gerents de la xarxa, un tal Joachim Govodich, de procedència russa, constructor corrupte que regenta una immobiliària encarregada de blanquejar els diners de la màfia. És el pare de la Melissa, la nena repel·lent que vas conèixer ahir a la tarda. Probablement a ell també l'has vist: es fa dir Jocky i, pel que em vas explicar, va simular ser el guardià de l'Oliver a la casa on et van dur després d'entrevistar-te amb en Rufus.

–Tu ahir vas anar a treballar, per dir-ho així, a la festa de la Melissa?

–Més o menys. Un pallasso té llibertat per córrer per la casa i fotre el nas de manera innocent allà on no el demanen. A més a més, gràcies a tu, vaig poder accedir sense problemes a l'ordinador del pare de la nena.

–No em vaig adonar de res...

–Això vol dir que soc bo! –va dir en Jorge, en anglès i rient, i l'Eagle li va donar uns copets a l'esquena–. Bé, el cas és que la missió d'ahir a casa del constructor va ser prou fructífera. Era el segon cop a la vida que feia de pallasso infantil: el dia abans, quan tu em vas trobar a l'entrada de casa la Giovanna, m'acabava d'estrenar com a pallasso a l'aniversari de la filla d'un company. Va ser com una prova de foc abans de l'assalt definitiu de l'endemà!

–I jo que em pensava que eres pallasso de debò, i que estaves amargat de la teva trista carrera...

–Soc actor, no ho oblidis!

–I què hi pinto jo, en tot això? Quina relació té la Giovanna amb aquesta trama?

–Tercer punt important de la història, i fonamental per entendre la teva participació en aquesta aventura estrambòtica: la Giovanna Rognoni. La teva padrina és el fil inicial des del qual es va anar desembolicant la troca d'aquesta Operació Kyoto. La Giovanna ha fet d'esquer. Per això vam llogar un pis a l'edifici, i per això vaig anar-hi a viure. La meva missió consistia fer-me amic seu al més de pressa possible.

–Ella no sap qui ets en realitat?

–No, i ara! Per a la Giovanna soc el mexicà que vol ser actor i que prova d'espavilar-se com pot presentant-se a càstings. Aquesta personalitat la vam definir des de Scotland Yard: havia de ser algú que casés bé amb ella i amb qui tingués afinitats: sensible, una mica *hippy*, gai. Esbojarrat, amb interessos esotèrics, amb *karma*, amb el cabell tenyit... El tipus ideal perquè ella caigués rendida als seus peus i el convertís en el seu amic i confident.

–Ella pertany a InEXFREE?

–No exactament. Ella, de la manera més innocent del món, i a través d'una feina *cutre* d'impor-

tació il·legal de teles i catifes de l'Índia, va contactar amb en Rufus. La teva padrina va ensumar la trama fosca que s'amagava darrere aquell contacte que havia fet per casualitat. Et parlo de finals del 1999 o principis del 2000. Aleshores, a causa de la seva precària situació econòmica, es va deixar enlluernar per les propostes de la banda de mafiosos i, d'alguna manera, va començar a treballar per a ells.
N'era del tot conscient? No ho sé, a mi em sembla que no. La compra i venda de teles i els viatges a l'Índia es van transformar en una altra mena de negoci en el qual ella feia de relacions públiques. La Giovanna no va tocar mai la mercaderia, em sembla que ni la va arribar a veure. Ella anava allà on fos amb l'excusa de les teles *hippies*, i dins els paquets hi duia altres coses, o bé tractava amb comerciants o intermediaris que no tan sols traficaven amb aquelles peces de roba, sinó que també ho feien amb altres mercaderies més sensibles... ja t'ho pots imaginar. La teva padrina no és ximple, i quan va veure que allò que l'enriquia tenia una capa fosca, ho va denunciar a la policia. Bé, en realitat ho va explicar, amb pèls i senyals, a un amic seu que tenia contactes estrets amb un policia. No ho va fer de

seguida, tot s'ha de dir. Ens trobem al 2002 o principis del 2003. La Giovanna va estar un parell d'anys, més o menys, relacionada amb en Rufus i companyia. Per això et dic que ella és una mica l'inici de l'operació: el seu testimoni va servir per pessigar l'extrem d'aquest fil, que sabíem que cuejava, però no sabíem per on.

–I en Rufus va saber que la Giovanna els havia delatat...

–Exactament. D'això fa només un parell de mesos. La teva padrina se n'havia oblidat, de la seva declaració, i ja no tenia res a veure ni amb en Rufus ni amb el negoci de les teles. Darrerament dona classes d'italià en una acadèmia privada a Camden Town. Per això mateix, per fer-la parlar, per treureli informació, vaig anar a viure al seu edifici i em vaig convertir en el seu amic. També tenia la missió de protegir-la, és clar.

–I jo? I el llapis de memòria que vaig trobar a la motxilla?

–Continuem: la Giovanna té por, perquè els homes del passat, els de l'època d'en Rufus, han tornat a aparèixer. Ella mateixa em confessa que no sap exactament què en volen, però la segueixen, li telefonen, li proposen cites a les quals ella no acudeix. Un dia se li presenta la Gasela. Un altre dia li envien una carta a l'acadèmia on treballa, amenaçant-la. L'atemoreixen. Jo, com a amic seu, li recomano anar a la policia i denunciar-ho. Ella em diu que ja ho va fer un cop, de manera indirecta, i que ara té por que els altres ho hagin sabut i que es vulguin venjar. Jo li demano si té proves dels negocis turbulents, i ella diu que sí, que guarda documents d'aquella època, com ara factures, resguards i coses així. Li dic que m'ho doni, que anirem a la policia. Ella diu que no ho té a mà, que ho va donar a una amiga perquè ho guardés lluny de Londres...

–La mare.

–La Sara Boixeda, sí. La Giovanna truca a la Sara Boixeda, sense explicar-li els seus temors. Només li diu que necessitaria aquell llapis de memòria que li guarda. Aquí entres tu. La teva mare li proposa que li duguis tu personalment, ja que has d'anar a visitar-la al cap d'uns dies. La Giovanna té por, però no s'atreveix a dir a la teva mare que pot ser perillós que tu arribis justament aquells dies estranys. No, finalment no ho fa. Teniu el viatge planejat de fa temps i sap que a tu et fa molta il·lusió. No li diu res, confiant que tot s'hagi solucionat abans que arribis. El que sí que li demana és que no et comenti res del llapis de memòria. Li diu que te'l posi a la motxilla i que ella mateixa l'agafarà de la butxaca davantera la primera nit que tu passis a casa seva. La Giovanna no vol implicar-t'hi de cap de les maneres.

–Però la Giovanna no pot venir a recollir-me a l'aeroport...

–No. Perquè tot s'accelera els darrers dies. Les amenaces es fan efectives: la gent d'en Rufus es presenta a casa seva. Pretenen esbrinar la magnitud de la seva traïció: què va dir a la policia i en quins termes ho va fer. La Giovanna té tanta por que fuig...

–On? –vaig interrompre en Jorge.

–Aquest és el moment, el malaurat moment, en què la teva padrina dona un pas en fals i està a punt d'esguerrar-ho tot, perquè no m'ho diu a mi, sinó que confia en un amic de tota la vida, l'Oliver Cooldrige, amb qui havia treballat a l'època de les teles. Incauta i innocent, la Giovanna mai no havia sospitat que el seu amic Oliver, igual que ella, havia estat implicat en els negocis bruts d'en Rufus.

L'Oliver també havia jugat al joc dels mafiosos, i no s'ho havien dit mai l'un a l'altre. I més encara: l'Oliver, pel que sembla, continua tenint tractes amb els corruptes, o sigui, continua embolicat en la xarxa. I això ella no ho sabia, és clar.

–No entenc per què l'Oliver va simular que m'ajudava a Heathrow.

–Suposem que es va tractar d'una estratègia. L'Oliver coneix la Sara Boixeda. La Sara Boixeda sap que l'Oliver és amic de la Giovanna. Estic convençut que van intuir que tu et posaries en contacte amb la teva mare de seguida i li explicaries la tornada de la Yoko, i ben segur que la teva mare no s'ho empassaria. En canvi, no trobaria gens estrany que estiguessis amb l'Oliver. L'Oliver havia de fer el paper de bo. Havia de convertir-se en el teu salvador, una i mil vegades.

–L'Oliver sabia que jo duria un llapis de memòria amb documents confidencials?

–Sí. La Giovanna li devia dir.

–Podia haver-me tret el dispositiu abans de llançar-me la motxilla per la finestra...

–I ho va fer. Però resulta que tu en duies un altre.

–Vols dir que l'Oliver va agafar un llapis de memòria en lloc d'un altre? Jo n'hi duia un de meu dins la motxilla!

–Exactament. Es va equivocar de butxaca. Per això et van enganxar l'endemà, a casa meva. Et devien buscar tota la nit, fins que l'Oliver, és un suposar, va plantejar la possibilitat que estiguessis

amb mi. Segur que la Giovanna li havia parlat de la nostra amistat. I la meva visita nocturna a casa de la Giovanna, on vaig parlar amb l'anomenat Samuel i li vaig fer mil preguntes, els va acabar de convèncer.

–No et coneixien, a tu? No sabien qui eres?

–No, ja t'ho he dit abans. A mi no m'havia vist mai ningú. Jo era el veí del tercer segona.

–Quina història...

Vam sortir de Hyde Park. Durant la conversa, l'Eagle, que caminava a la meva dreta, no havia obert la boca ni un sol cop. És clar, però, que en Jorge i jo parlàvem en castellà, i l'home no hi podia ficar cullerada.

L'apartament secret estava davant de la sortida del parc. Mentre en Jorge es dutxava, l'Eagle i jo vam estar prenent un refresc asseguts en dues butaques orelleres. Jo no sabia què dir-li, i ell a mi tampoc. Quan va sortir de la dutxa, en Jorge va encarregar, per telèfon, tres menús a un restaurant xinès, i mentre esperàvem el menjar va continuar el relat dels esdeveniments.

–Tampoc no em van treure el llapis de memòria quan em van retenir amb l'Oliver...

–No. Era ell qui ho havia de fer. La seva segona oportunitat. Però la motxilla, pel que em vas explicar, es va quedar al menjador, i segurament l'oriental guardaespatlles no en sabia res, de tot això. L'Oliver, quan et va ajudar a fugir, no s'imaginava que, amb els nervis i la precipitació, te'n recordaries de recollir-la. Mala sort. Aquest Oliver és un desastre.

–Després et vaig trobar a l'armari de ca la padrina.

–Bé, cal afegir que l'anomenat Samuel també és un inepte. Quan em van passar els efectes del narcòtic, només vaig haver d'activar el xip que duc a sobre com a mesura de seguretat. Soc un infiltrat que s'hi juga la vida i estic protegit. Va ser activar el xip i al cap de tres minuts ja tenia un comandament de la policia a la porta. El vam deixar KO en un instant. Aleshores vam sentir com trucaves a la porta. Vaig fer que em lliguessin un altre cop i em deixessin a l'armari. No vaig pensar que fossis tu.

–I els polis que et van rescatar?

–Tots tres eren a sota el llit on jeia en Samuel!

–No me'n vaig adonar...

–Com te n'havies d'adonar, criatura! I això que

gairebé els descobreixes, perquè després em van dir que se'ls havia escapat el riure quan un va dir als altres que per fi en Whoopi sortia de l'armari! Entens la broma? És bona o no és bona?

–Bah. No sé què dir-te.

–Aleshores vaig pensar que el millor era treure't d'allí de seguida. I per això, sense vestir ni res, et vaig dur al cotxe.

–Sí, per anar a ca la Melissa.

–Allí va resultar perfecta l'excusa dels teus deures. I vaig aconseguir veure el contingut d'aquell llapis de memòria de la manera més fàcil possible. Quan tu vas sortir del despatx per anar a no sé on amb aquella babaua, vaig copiar totes les carpetes al disc dur de l'ordinador i, a continuació, els vaig enviar a la central per correu electrònic. Encara vaig tenir temps d'esborrar el que havia quedat enregistrat i tancar-me al lavabo per acabar de pintar-me, quan ja obríeu la porta. Han estat analitzant fil per randa aquells documents, Pol. I hi ha un munt d'informació extraordinària.

–No són només factures de vols?

–No. Hi ha missatges en clau, adreces, contractes, números de comptes bancaris... Tot allò necessari per posar una dotzena ben bona de persones a la garjola.

–Per què vas voler acompanyar-me a InEXFREE?

–Et vas entossudir a anar-hi...

–Però podies haver insistit a no fer-ho!

–Vols que et digui la veritat? Ho vaig fer per tu. Pobre noi: viatja a Londres i es troba tot aquest panorama. Com a mínim donem-li una mica de diversió detectivesca! Això és el que vaig pensar!

–No m'ho crec –vaig al·legar.

–Doncs fou més o menys així. Confia en tot el que et dic, Pol. I no vulguis saber més del que toca. Jo només procuro el teu bé.

–Encara que m'hagis d'enganyar o de mentir.

–Exactament. A pesar d'això.

Va arribar un repartidor de menjar xinès i ens vam entaular. Durant el dinar, en Jorge em va confirmar la sorpresa que va tenir quan va trobar-se en Quentin al carreró.

–En realitat es diu Willy Harrison i va començar de poli. Ens havíem conegut a l'acadèmia. Un imbècil integral. Se sabia que podia estar implicat d'alguna manera en l'Operació Kyoto, i, en veure'l allí al carrer, vestit com un *teenager* i portant cocaïna a en Rufus com un gosset, em va caure l'ànima als peus. L'havia de deixar fora de combat, perquè aquest sí que em coneixia! Jo no havia estat mai al despatx minimalista d'en Rufus, i la sortida pel terrat va ser improvisada.

–Ens podíem haver fet mal...

–Tot té un risc. Cal assumir riscs en aquesta vida, Pol.

–Per què vas desaparèixer?

–L'Eagle em va avisar. Me'l vaig trobar a baix, al carrer, esperant-me. La Gasela i l'Oliver encara estaven baixant per l'escala. Em va dir que hi havia novetats imprevistes i que havia d'esfumar-me. No vaig poder avisar-te. L'Eagle em va prometre que s'encarregaria de tornar-te sa i estalvi. Quan la Gasela va ser a baix, l'Eagle va admetre que els fugitius s'havien escapat, que no hi havia hagut sort. Més tard va saber que en Willy t'havia dut amb en Black, un dels cervells dels corruptes, i ell mateix et va anar a buscar. Et va haver de subministrar un somnífer per treure't en silenci i sense donar explicacions. Et va agafar en braços i et va baixar fins al garatge embolicat en una manta. Et va deixar al maleter del cotxe, com vam fer nosaltres amb en Willy.

Se m'havia obert la gana, i els rotllets de primavera em venien molt de gust. L'Eagle també endrapava com un desesperat. Mentre mastegava i escoltava en Jorge, se m'ocorrien moltes preguntes per fer-li.

–Si sabeu on té la seu en Black, a la suposada fàbrica de pinsos, per què no aneu a detenir-lo? Hi ha un munt de gent treballant allí!

–Ho farem. Estem esperant el moment precís. L'únic de nosaltres que ho coneix és l'Eagle. Ell hi ha estat dos cops, sempre en companyia de la Gasela. Tenim la situació exacta, fins i tot plànols de l'edifici per organitzar el millor dels atacs possibles. Tot està coordinat. Ja arriba el moment de fer-ho. Ja falta poc.

–Què falta? Què espereu?

En Jorge va deixar de mastegar i es va mirar l'oriental, que evidentment no havia entès la meva pregunta. L'Eagle va mirar en Jorge i amb la barbeta va fer un gest, com preguntant què passava. En Jorge va somriure i li va traduir, en anglès, la meva pregunta. L'Eagle va posar els ulls en blanc i va negar amb el cap abans de tornar a centrar la seva atenció en la vedella amb curri que devorava.

–Complicacions de darrera hora, Pol. D'això no te'n puc parlar. És confidencial.

–Té res a veure amb la Giovanna? On és ella ara?

–Els nostres homes la van localitzar abans que ho fessin l'Oliver i la seva tropa. Tot i que ell sabia on s'amagava, nosaltres vam actuar amb més rapidesa.

–No m'ho pots dir, ja ho veig...

–No. Em sap greu. Però està bé, no pateixis.

–Això mateix em va dir en Black...

–Però ell t'enganyava, Pol. Jo no.

Ja no n'estava segur. No estava segur de res. Estava dinant amb dos homes a qui feia trenta-sis hores no coneixia, i durant aquest període de temps havien adoptat múltiples personalitats. S'havien callat un munt de coses o havien dit mentides. Havien simulat ser qui no eren, i qui sap si no simulaven encara. Per què l'Eagle de cop estava amb en Jorge? Per què no estava fent de pinxo de la Gasela nipona? Què estàvem fent menjant un menú oriental en aquell pis petit si, en teoria, tota la policia de Londres estava mobilitzada per detenir una de les xarxes mafioses més perilloses que operaven a Europa?

Vaig netejar-me els llavis amb un tovalló de paper i vaig recolzar l'esquena al respatller de la cadira. En Jorge va notar el canvi que s'estava produint en el meu estat d'ànim, i va provar d'entretenir-me explicant curiositats i anècdotes gracioses.

–No t'hi esforcis, Jorge. Ja em passarà.

–Estic fent malament el paper de pallasso...

–No cal que el facis avui. No hi ha cap més actuació pendent. Per ara.

–Parles amb ressentiment, Pol. Com si tot fos culpa meva.

–No sé de qui és culpa. Però estic cansat, i tot això que podria resultar emocionant, em comença a semblar pesat i sense sentit. No sé si calia fer-me participar en aquesta gimcana tan estranya. No ho sé. Potser m'han passat les ganes de jugar.

–I què vols fer? Ara ja hi som de ple.

–Podries dur-me a l'aeroport. Podries acompanyar-me a Heathrow i comprar-me un bitllet per al primer vol que sortís amb destinació Barcelona. Ja te'l pagaria en arribar. Podries fer això per mi. M'aniria bé.

L'Eagle va tornar a preguntar a en Jorge què deia jo. Ell li ho va traduir a l'anglès. L'oriental va posar els ulls en blanc per segona vegada, va negar amb el cap i va continuar menjant els litxis de postres. En Jorge va encendre un cigarret i va ventar un parell de pipades abans de parlar.

–A Barcelona no hi trobaries ningú, Pol.

–Què vols dir?

–Són aquí. La teva família és a Londres. La Sara Boixeda és una peça més de l'Operació Kyoto.

14

Anàvem en cotxe. L'Eagle conduïa un esportiu fosc sense cap distintiu de la policia. En Jorge seia al seu costat i jo al darrere, amb el cap recolzat a la finestreta. Tenia el mòbil a l'orella, i escoltava els senyals acústics amb unes ganes boges que ningú no despengés, que ningú no digués ni paraula.

–Mare?

–Hola, rei! Per fi! Truques des del mòbil de la padrina?

–No. Ja et vaig dir que no en té ella, de mòbil.

–T'ho estàs passant bé?

No em va sortir la veu. Vaig clissar els ulls d'en Jorge a través del retrovisor. Em va picar l'ullet.

–Fins quan faràs durar aquesta comèdia, mare?

Ella no va dir res. Va restar tres o quatre segons muda.

–Què vols dir, Pol? De què parles, fill?

–Mare, ja n'hi ha prou. On ets?

–A casa... Estàvem mirant la tele, aquí amb el par...

–On ets mare? Quan has arribat?

El segon silenci va ser molt més llarg. El va seguir una mena d'esbufec estrany, com si a la mare li hagués decebut la meva pregunta.

–Sé que ets a Londres, mare. No et cal fingir més.

–On ets tu ara?

–Contesta tu primer, mare.

–Soc a un hotel. Churchill, es diu. A Gloucester Place.

Tots dos vam callar. Se'm va escapar una llàgrima, però vaig procurar que no se'm notés a la veu.

–Què has vingut a fer?

–Una amiga em necessitava.

–Ets amb ella?

No va contestar de seguida.

–On ets, Pol? Amb qui?

En Jorge no em treia els ulls de sobre. Vaig dubtar si entenia l'escarida conversa que la mare i jo manteníem en català per telèfon.

–Estic amb uns amics de la padrina.

–Quins amics?

–Uns amics.

La mare va sospirar.

–Em sap greu tot això que està passant...

–La Diana i el pare són amb tu, mare? –la vaig tallar.

–Sí. Hem vingut tots tres.

–Estan a l'hotel amb tu?

–No. Han sortit a voltar pel centre. A la nena li feia gràcia...

–Saben per què heu vingut?

–Els tinc enganyats, Pol. És la meva obligació.

–Quina obligació? Què vols dir?

–No han de saber-ne res. Hem aprofitat un regal de l'editorial. En teoria l'editorial ens ha pagat el viatge llampec. Aquesta nit tornem a Barcelona.

–Jo també?

–És clar, Pol.

–Com en pots estar tan segura?

La mare no va dir res.

–Vols que vingui a l'hotel amb tu, mare?

–No, Pol. He de sortir de seguida.

–On has d'anar? A buscar la padrina?

–Et puc telefonar més tard a aquest número?

–Que si pots telefonar-me a aquest número? –vaig repetir perquè en Jorge m'escoltés. Devia entendre el català, perquè va assentir amb els ulls–. És clar, mare. Truca'm quan puguis.

Quan vaig haver penjat, vaig tornar el mòbil a en Jorge. L'Eagle va posar la ràdio.

–On anem? –vaig preguntar.

–Els policies anem a fer la nostra feina. Has quedat amb la teva mare?

–No –vaig contestar.

–Vols que et deixem en algun lloc? Vols que et busqui una habitació per descansar?

–M'agradaria venir amb vosaltres. Em sabria greu perdre'm el final.

–No és allò més recomanable per a un xaval de catorze anys.

–A bones hores ho dius.

En Jorge es va posar a riure. El sol daurat de mitja tarda entrava pel parabrises i feia que el seu cabell tenyit de ros brillés com una corona. Va apujar el volum de la música i ell i l'Eagle van bellugar les espatlles al compàs.

A Brixton vam canviar de cotxe. De fet en vam agafar dos de diferents, ja que l'oriental havia de tornar al seu paper de guardaespatlles de la Gasela. Segons el pla previst, a la fàbrica de pinsos havia de tenir lloc una reunió dels màxims implicats, moment que seria aprofitat pels escamots de la policia per irrompre en el local i detenir-los en colla. Abans de separar-nos, els dos polis van fer un munt de trucades des dels seus mòbils respectius. El tram final de l'Operació Kyoto es coordinava des d'una nau industrial propera a la fàbrica de pinsos que s'havia llogat per a l'ocasió. Allí, segons em va explicar en Jorge, havien disposat ordinadors i la centraleta de comunicació. Un magatzem proper servia d'amagatall de les armes i els efectius humans. En Jorge em va assegurar que més de seixanta homes dels grups de missions arriscades de l'exèrcit estaven mobilitzats i en espera de rebre ordres. En l'operació hi participarien més de vint vehicles terrestres i, fins i tot, un helicòpter. De manera silenciosa havien evacuat els ocupants de les fàbriques annexes a la fàbrica de pinsos. Un dels motius per decidir que fos un diumenge el dia de l'assalt definitiu fou precisament aquest, l'absència de treballadors a la zona. Hi havia el perill d'un intercanvi de trets de metralla i no es podia posar en risc la vida de ningú no implicat en l'operació.

Vaig acomiadar-me de l'Eagle amb una encaixada després de donar-li les gràcies per tot el que havia fet per mi. Ell em va passar la mà pel cap i em va desitjar tota la sort del món.

En el cotxe conduït per en Jorge, no em podia treure del cap la conversa que havia mantingut amb la mare, que vaig provar de reproduir amb fidelitat al meu company.

–Em pregunto què ha vingut a fer exactament la mare.

–Ella mateixa t'ho ha dit. Havia de salvar la seva amiga.

–Vosaltres m'heu dit que la Giovanna no està en perill.

–No ho està. Això és cert.

–Aleshores?

–Aleshores, què?

–Aleshores de quin perill ha de salvar la mare la seva amiga?

–T'explicaré una anècdota, Pol. És de quan vivia a Mèxic i era lluitador. El Vengador de Veracruz, recordes? Jo tenia un combat. I tenia un amic, en

Johny *Pezgordo*. Així es deia, ja em diràs tu quin nom! En Johny era del DF, però s'havia criat als Estats Units. Havia passat il·legalment la frontera quan tenia només tretze anys, un *espalda mojada*, que en diuen. Als Estats Units se n'havia sortit prou bé, i havia après a lluitar amb un exboxejador de primera, en Kid Jeggins, de Texas. En Johny va tornar a Mèxic com un heroi, com un campió. Mai no s'havia desprès de les seves arrels i sempre s'havia sentit un mexicà més, actitud que al DF li valoraren positivament. Vaig conèixer en Johny en un combat, i ens vam fer amics després de pegar-nos cops de puny a tort i a dret. Deu ser un dels inicis d'amistat més poc convencionals del món: tots dos prenent cerveses i tequiles amb les celles partides i els llavis inflats. Va ser l'època en què en Johny va decidir no tornar al Estats Units i quedar-se a viure al DF. Per a mi, en Johny era el meu amic. Em va preparar, em va alliçonar, em va explicar trucs i cops letals que havia après d'en Kid Jeggins. Un diumenge jo tenia un combat amb un ianqui, un tal P. D. Graham. Vaig demanar a en Johny que m'ajudés a preparar el combat. L'havia de guanyar a la força per poder entrar a les semifinals d'una competició molt important al meu país. Jo havia de guanyar el combat, Pol. I el meu amic Johny em podia ajudar. Però s'hi va negar. Va dir que no s'hi veia amb cor; que li sabia greu, però que li era impossible ajudar-me. Va al·legar que tenia molta feina. Em vaig quedar decebut, i per això vaig insistir-hi tant. L'anava a buscar cada nit a l'hotel on vivia; passava cada matí pel gimnàs on s'entrenava. Em vaig convertir en un pesat, però necessitava la seva ajuda per derrotar en Graham. Una nit, davant de dues cerveses, en Johny va deixar caure unes llàgrimes abans d'insistir en la impossibilitat d'ajudar-me. «No puc, Jorge. Em sap greu, però no puc». Jo em posava les mans al cap. «És un favor que et demano, Johny! Per què et negues a fer un favor a un amic?». Ell negava amb el cap, i continuava plorant llàgrimes sinceres d'impotència que rela lliscaven lentament per la seva cara negra. «No ho entenc, Johny. Jo ho faria per tu». Ell em mirava a través dels seus ulls blanquíssims entelats. «Jo ho faria per un amic», insistia jo. I ell només plorava.

En Jorge va fer una pausa, amb les mans al volant, la mirada perduda en les línies discontínues de la carretera.

–Què em vols dir, amb aquesta història?

–La nit del combat, quan vaig pujar al ring, vaig veure en Johny al costat d'en P. D. Graham. Ell l'havia entrenat. Ell era el seu espàrring.[4] En Johny havia entrenat el meu contrincant, que devia ser amic seu. Molt més amic seu que no pas jo.

El vaig mirar encuriosit, sense entendre on volia anar a parar amb aquell record que l'entristia. En Jorge es va limitar a obrir la guantera del cotxe i treure'n un sobre. El va deixar anar sobre la meva falda sense dir ni paraula.

El sobre contenia unes fotos. Eren fotos mig borroses, fetes amb un teleobjectiu de força potència. Fotos de feia anys, o potser mesos. La mare duia vestits i pentinats diferents. Les imatges havien estat robades, per dir-ho així; com les que podia fer un *paparazzi* a un famós, o un detectiu privat a algú a qui té l'encàrrec de seguir. La mare i la Gasela en una cafeteria. La mare i la Gasela caminant pel carrer, de costat. La mare i la Gasela nipona en un restaurant, amb uns papers al davant. La mare i la Gasela dins un cotxe. La ma-

4. Entrenador o col·laborador en els entrenaments.

re, la Gasela i en Rufus asseguts en una terrassa fent l'aperitiu.

–La teva mare ha vingut a salvar una amiga. Però potser no és l'amiga que tu et penses –va dir en Jorge.

Hi havia tres furgons de la policia tancats al garatge. Cada furgó l'ocupava un xofer, un copilot i, asseguts al darrere, un cos d'elit format per deu soldats especialitzats en missions de risc, completament uniformats, armats i amb màscares antigàs al rostre. Els deu homes de cada furgoneta restaven en silenci, amb el tors dreçat i el cap altiu, concentrats en la missió que es disposaven a dur a terme. Els vaig poder veure quan vam arribar al garatge en qüestió, que en realitat era la planta baixa d'una fàbrica de pastissos congelats que la policia del Regne Unit havia ocupat com a centre d'acció i logística de l'Operació Kyoto. Les portes posteriors de les tres furgonetes estaven obertes i, mentre en Jorge parlava amb un dels caps de l'escamot, vaig dedicar-me a observar els perfils impassibles d'aquelles fileres d'homes armats. Admirant la seva tensa serenitat, jo pensava en la mare, i la imaginava no gaire lluny d'allí, a la fàbrica de pinsos, fent costat a la japonesa a qui anomenaven la Gasela nipona. La seva amiga. Vaig pensar en la mare jugant en l'equip contrari; en la fragilitat de la mare en contraposició a la duresa i concentració d'aquells homes armats. El cap de la mare enquadrat en la mira de les armes que dispararien; la mare com a objectiu prioritari, la mare com a blanc dels seus trets. En Jorge no m'ho va voler confirmar, però jo no en tenia cap dubte: hi hauria una batussa, una petita guerra a la fàbrica de pinsos, i la mare lluitava a l'altre costat de les trinxeres.

Què podia fer jo per aturar-ho? Com havia de suplicar a aquells homes tan preparats i disposats a la batalla que anessin amb compte a l'hora de disparar contra un objectiu? Com els podia fer entendre que si disparaven contra la mare em deixarien orfe? Jo em mereixia un tracte privilegiat: gràcies a mi, en Jorge va rebre de primera mà els documents confidencials que permetien engegar l'acció definitiva contra la xarxa de corrupció. Gràcies a mi i al llapis de memòria que jo els havia proporcionat de manera involuntària, l'Operació Kyoto es resoldria amb eficàcia, i es veurien recompensades totes les hores d'investigació i feina bruta que, des de feia mesos, tenien ocupada tota la policia del Regne Unit. A mi em devien un favor, i aquest favor que els demanava era no matar la mare, no disparar contra ella. Enxampar-la, jutjar-la, empresonar-la, si era necessari, però no matar-la. La mare era una il·lustradora de llibres infantils. Tota la seva vida l'havia dedicada a fer feliços els menuts de la casa i havia donat cara, ulls i escenaris als personatges dels contes que els pares explicaven als seus fills abans d'anar a dormir. Havia col·laborat de manera desinteressada amb ONG i fundacions benèfiques fent il·lustracions per a campanyes de solidaritat i ajuda humanitària. Poques il·lustradores com la mare havien fet mai tant per apropar els llibres a la mainada. Havia brindat l'oportunitat, a tots els nens i nenes, de desenvolupar la seva fantasia. La mare no es mereixia morir destrossada per les bales que la policia anglesa es disposava a disparar contra una xarxa de corruptes. Alguna cosa devia haver fet malament; alguna vegada devia haver ficat la pota i qui sap si la Gasela i els seus sequaços l'havien enganyada igual com van fer amb la Giovanna. Potser sí que es pensava que InEXFREE era una editorial normal i corrent, i havia treballat per a ells sense saber en què consistia la seva feina. O ves a saber si alguna cosa sabia, però hi col·laborava per ajudar la seva amiga Giovanna. O la seva amiga Gasela, tant és. Fins i tot podia haver-hi col·laborat per enriquir-se, per cobrar uns diners bruts i pagar-nos capricis inútils a la meva germana i a mi. Però el cas era que, davant els meus ulls, s'estava gestant una operació policial a gran escala contra un objectiu determinat del qual la meva mare formava part. I jo no podia fer res per evitar-ho.

–Vine, Pol. Vull que coneguis algú –em va dir en Jorge.

M'esperava al costat d'un home d'uns quaranta i pocs anys, vestit amb camisa i corbata, però sense americana. L'home duia ulleres de vidre groc; portava un receptor sense fils a l'orella i un micròfon que li penjava a prop dels llavis, i tenia la mirada fixada en una minipantalla d'ordinador que subjectava amb una mà.

–Pol, aquest és l'inspector Clarence White, de Scotland Yard. En White és la persona que ha coordinat la darrera fase de l'Operació Kyoto, i que ben segur et pot donar una informació precisa sobre el lloc on es troba la teva mare.

–Bon dia, noi –em va saludar el poli, i em va allargar la mà lliure per encaixar-la.

L'inspector ens va fer entrar en un despatx improvisat i ens va convidar a seure en dues cadires plegables. En Jorge es va prestar a fer de traductor

simultani.

–La Sara Boixeda va arribar ahir al vespre en un vol procedent de Barcelona, acompanyada del seu marit i la seva filla. S'han hostatjat a l'Hotel Churchill, a Gloucester Place. Aquest matí, després d'esmorzar, ha rebut la visita de la Gasela nipona, amb qui ha mantingut una breu entrevista al restaurant de l'hotel. Els meus homes han estat testimonis d'un traspàs de documentació entre les dues dones: una carpeta negra ha passat de les mans de la Gasela a les de la Sara Boixeda. Les dones s'han acomiadat amigablement amb uns petons a la galta. El marit i la filla de la Sara Boixeda, mentrestant, eren a l'habitació. Quan la Gasela ha marxat, la Sara Boixeda ha sortit amb la família a donar un tomb pel centre. Han dinat un entrepà a la riba del Tàmesi. Aleshores s'han separat, i la dona ha tornat a l'hotel sola, en taxi. Fa poc més d'una hora un cotxe ha passat a recollir-la. El cotxe duia els vidres glaçats i no hem pogut saber qui el conduïa.

–Són aquí? Al polígon? –vaig voler saber.

–Sí. Fa poc més d'un quart d'hora que han arribat a la seu secreta que els sospitosos tenen a la fàbrica de pinsos. –L'inspector va fer una pausa, que va aprofitar per consultar la seva agenda electrònica–. Hi ha un problema afegit.

–Quin?

–Els meus homes, apostats a les portes de l'Hotel Churchill, han presenciat com, just quan la dona pujava al cotxe, el marit i la filla arribaven en un taxi. El marit de la Sara Boixeda l'ha cridada, però la dona no l'ha sentit. Sense acabar de baixar del taxi, el marit i la filla han donat ordres al taxista perquè seguís el cotxe de vidres glaçats on viatjava la seva familiar. Ells també han arribat fa poc més d'un quart d'hora.

–Han entrat a la fàbrica de pinsos? El pare i la Diana són amb ella?

–Això sembla.

–Dispararan?

–Què vols dir?

–Dispararan vostès contra els ocupants de la fàbrica?

L'inspector va mirar en Jorge abans d'encongir-se d'espatlles i negar amb el cap.

–Tots desitgem que l'atac a la seu dels corruptes se saldi sense baixes. Aquesta és la nostra intenció, noi.

–Però ben segur que hi haurà intercanvi de trets...

–Som professionals –va dir l'inspector per acabar, abans de saludar-me amb un cop de barbeta i sortir del despatx.

En Jorge em va posar una mà sobre l'espatlla.

–Hem d'esperar que tot surti bé, Pol. Els anglesos paguem un munt d'impostos per tenir una bona policia.

–Si hi ha una carnisseria, puc perdre tota la família...

Quina relació tenia la mare amb aquella oriental corrupta i sense escrúpols? Com podia ser amiga d'una dona de la reputació de la Gasela? I com ens ho havia pogut amagar durant tants anys?

S'havia fet completament fosc quan vam sortir a l'exterior de la nau habilitada per la policia.

En Jorge s'havia d'unir a una formació d'agents i no sabia què fer-ne, de mi. Amb el braç alçat, em va anar mostrant les diferents posicions estratègiques que ocupaven un munt d'uniformats als terrats i finestrals de les naus veïnes. Siluetes diminutes escampades arreu, totes en posició d'atac, amb les armes apuntant les poques obertures de la fàbrica de pinsos, l'entrada, el pàrquing, els vehicles aparcats. Figuretes que em recordaven els meus soldats de joguina de quan era petit, els Action Man de la meva infantesa, tots tan poderosos, tots tan valents i decidits, tots tan segurs de vèncer en la batalla i enderrocar el mal que s'escampava per la faç de la Terra.

No em sortiria més a compte renegar dels bons i passar-me als dolents, entre els quals hi tenia pare, mare i germana? Com un soldat que deserta de les seves files i s'alia amb l'enemic com a única sortida per salvar la pell. I si no la pell, com a mínim el futur. Què havia de fer jo sol, a Londres, sense família, sense llar, sense ingressos de cap mena?

–Haurem de decidir què fas a partir d'ara, Pol –em va dir en Jorge–. Ha arribat l'hora de reunir-me amb els companys.

–Ja m'espavilaré.

–No siguis derrotista, nano!

–Què vols que faci? Quedar-me aquí mirant com dispareu contra la meva família?

–Tu ets dels bons, Pol. No ho oblidis. La teva col·laboració ha estat fonamental per assolir l'objectiu de derrotar els corruptes.

–I de què m'ha servit? Vols dir que finalment no he traït els qui m'estimen?

–Sempre t'has de posar del costat dels bons, Pol. És una llei indispensable per sobreviure. I, passi el que passi, recorda que aquí tens un amic, i que t'ajudaré en tot el que faci falta.

–Això si no reps en la batussa...

Una furgoneta amb el logotip serigrafiat d'una marca de pastissos es va aturar al nostre costat. En Jorge va obrir la porta per entrar-hi.

–Gràcies, Jorge. Sense tu no sé on seria ara.

–Adeu, Pol.

Va seure al seient del copilot i va tancar la porta. El vehicle va arrancar en direcció a la fàbrica de pinsos.

Tothom estava enfeinat. La missió estava a punt de resoldre's amb èxit. El meu cap de setmana a la ciutat també era a punt d'acabar. Sense fer turisme, sense visitar el Museu Britànic, sense anar a Camden Town. Però havia passat igual.

Vaig allunyar-me de la nau dels polis pels carrers solitaris adjacents. A causa de la foscor ja no es distingien les siluetes als terrats, tots aquells homes amb uniforme i armats fins a les dents. Allò era un polígon industrial com el de qualsevol altra ciutat, i la il·luminació dels carrers era més aviat pobra. La meva ombra solitària es dibuixava al terra cimentat cada vegada que passava per sota un fanal. Em preguntava què havia de fer i on havia d'anar. Els meus passos em portaven, inexorablement, cap a la fàbrica de pinsos. Potser era perillós ser-hi a la vora, a primera línia de foc, però cap a algun lloc havia de dirigir el meu futur.

15

Sense veure'n cap ni un, vaig endevinar dotzenes de vehicles i d'homes pendents de la façana que jo tenia al davant, circulant pels carrers de la vora; apostats a les terrasses i terrats, camuflats a les cantonades, pendents de telèfons... Una gran quantitat de gent estava alerta pel que podia passar en pocs minuts a la fàbrica de pinsos. Uns llums il·luminaven el cartell pintat a la façana que havia admirat a primera hora del matí, quan en Quentin m'hi va portar enganyat. El cartell representava dues gallines ponent uns ous fantàstics, dels quals sortien les lletres del nom de l'empresa: Pinsos Groc Clar. Jo era a la vorera contrària, contemplant el dibuix de les gallines, quan un camió frigorífic va entrar a l'aparcament. L'home que el conduïa, en passar pel meu costat i veure'm, va fer un gest poc concret amb el braç. «Fuig d'aquí!», venia a significar. No em vaig moure, i el vehicle va continuar avançant. Va traspassar la reixa oberta i es va dirigir cap a la part lateral de la fàbrica, per on tenien accés els camions. El vehicle intrús duia imprès el logotip dels Pinsos Groc Clar, i vaig entendre que era una trampa, una mena de cavall de Troia farcit de polis armats, i que, per tant, d'un moment a l'altre començaria la batalla. Al mateix temps, i confirmant les meves sospites, un helicòpter s'aproximava per l'oest, a velocitat constant i sense fer soroll. També van aparèixer, de sobte, una trentena de vehicles privats: provenien de totes les cruïlles properes a la fàbrica i van encendre tots els intermitents de posició alhora. La foscor d'aquell carrer ample i desèrtic va quedar rebentada, de cop i volta, per puntets de llum grocs i taronges. Il·luminades pels fars dels vehicles immòbils i a l'aguait, em va semblar distingir moltes figuretes vestides de fosc que, enganxades a les parets, avançaven cap al mateix objectiu. La majoria duien petits pilots vermells intermitents que devien provenir d'aparells de transmissió o de les mateixes armes.

Ja hi som, vaig pensar. Allí podia prendre mal. I si feien esclatar tota la nau amb una càrrega de dinamita?

Quan estava a punt de posar-me a córrer per allunyar-me d'allí, tot d'una, sense que ningú s'ho esperés, la porta de la fàbrica es va obrir i en va sortir un grup curiós de personatges. La llum de l'interior del vestíbul era potentíssima, d'un blanc ferotge, i provenia dels fluorescents del sostre. Quan es va obrir la porta, la nit es va trencar

més encara amb aquella glopada blanca i pura. A contrallum, els personatges que sortien formant una muralla, espatlla contra espatlla, caminaven en direcció a la reixa de sortida, trepitjant les línies blanques de l'aparcament.

Al mig de tots caminava la Gasela nipona, altiva i tibada. Duia una metralleta als braços, però, tot i així, avançava segura d'ella mateixa sobre unes sabates de taló altíssim. A la seva esquerra, imitant la seva actitud, caminava la mare, desarmada, amb el ponxo de llana marró amb serrell desfilat que se solia posar les nits de primavera que refrescava. Al costat de la mare avançava en Quentin, ara ja sense pantalons esparracats, sinó vestit de negre de cap a peus igual que els dos orientals, els goril·les de la Gasela, que caminaven a frec seu. Tots tres duien pistoles a les mans. A la dreta de la Gasela hi caminava l'Oliver, vestit com sempre, a l'estil de la Giovanna, mig *hippy*. Al seu costat, una japonesa en quimono empenyia la cadira de rodes d'en Rufus, amb barret de palla sobre la closca. Al costat d'en Rufus caminava el pare de la Melissa, a qui jo havia vist durant uns minuts en un dels pisos on m'havien retingut. Finalment, al seu costat, a la dreta de tot, el meu pare i la Diana, agafats de la mà, tancaven aquella estrafolària comitiva. En una segona fila, darrere d'ells, un grup d'homes i dones vestits de negre i armats els custodiaven.

No sé on anaven, ni sé si sabien que eren observats de molt a prop per la plana superior de la policia londinenca. No vaig tenir temps de pensar si pretenien fugir, si volien atacar o si la sortida en grup responia a una estratègia que jo era incapaç d'interpretar. De cop, un cercle de llum compacta els va enlluernar tots alhora; una fogonada tan violenta que es van haver de posar els braços a la cara per protegir-se. Aquella llum era projectada a través d'un canó i des d'una planta superior de l'edifici davant el qual em trobava jo. Gairebé al mateix temps, i des dels baixos de l'helicòpter que s'havia aturat davant la fàbrica, un altre focus va ser projectat sobre els fugitius, i entre tots dos els van deixar engabiats dins una esfera lluminosa.

La situació va esdevenir caòtica. El silenci extrem que fins aleshores regnava en aquell racó del món es va esvair: dotzenes d'alarmes, xiulets, clàxons, megàfons, sirenes i crits van omplir l'espai que envoltava la gran esfera de llum dins la qual, desorientats, es movien els personatges. N'hi ha que van disparar les seves armes sense veure l'objectiu, cegats per la potent llum que els destrossava les pupil·les. Alguns van recular cap a la fàbrica d'on acabaven de sortir. Els megàfons de la policia retronaven des dels furgons, des dels edificis, des de l'helicòpter, el motor del qual ara se sentia perfectament i tronava amb un soroll eixordador. Les ordres eren sempre les mateixes, pel que jo podia entendre: «Rendiu-vos!», «Atureu-vos!», «Lliureu les armes!», «No dispareu!», «Les mans al cap!», «Esteu rodejats!».

Un escamot de l'exèrcit havia arribat on jo era, i se'm va endur en sopols cap a un carreró lateral. Entre dos homes em van alçar a pes de braços i mentre m'allunyava, amb la mà fent de visera per poder distingir què ocorria a l'interior d'aquella esfera lluminosa, vaig veure la Gasela, que s'havia quedat sola a primera línia de foc. Empunyava la metralleta de repetició i disparava contra tot el que es movia en un angle de 120 graus davant seu. Darrere d'ella, ajupida, protegida per la figura de la valenta Gasela, la mare aguantava aquella pluja de trets impassible, amb els ulls tancats. Jo juraria que la policia no va disparar ni un sol tret contra els fugitius i que les úniques bales provenien de les seves armes.

No vaig ser a temps de veure res més. Els soldats em van allunyar del centre de la batussa.

–Què hi feies allí? Que estàs boig o què? Vols que et pelin? Qui coi t'ha deixat passar?

Em van escridassar mentre em deixaven de peus a terra i un d'ells m'obligava a entrar en una de les furgonetes de la policia aparcades en aquell carrer transversal. A dins no hi havia cap home, ni tan sols el xofer. Em van donar una armilla antibales i em van ordenar que me la cordés i no me la tragués per res del món.

–No et moguis d'aquí, em sents? No facis cap bestiesa!

Els soldats van marxar i em van deixar sol a l'interior del vehicle. Podia sentir perfectament el fragor de la batalla, els crits, els trets i les ordres de la policia. Em va semblar que arribaven més helicòpters, i més camions, i més soldats. Tothom cridava, els altaveus no paraven de donar ordres, i va arribar un moment que ja no se sentiren més trets.

Si les úniques armes que s'havien disparat eren les dels dolents, aleshores aquests havien deixat de fer-ho. Segurament perquè els havien enxampat o bé els havien mort.

La mare s'amagava darrere el cos de la seva amiga, la combatent incombustible. Mai no havia vist una dona tan valenta, una dona tan segura i invencible, una dona que semblava viure més enllà del bé i del mal. La mare, agenollada darrere d'ella, cegada per la potent llum dels focus, agafava la Gasela pels malucs i se sentia segura, com si l'oriental fos un escut d'acer i no un simple cos de carn i ossos.

Vaig baixar de la furgoneta. Hi havia soldats apostats a la cantonada, però no n'hi havia cap al costat del vehicle. Vaig decidir que volia ser testimoni del final de la batalla. Jo havia de saber què havia passat amb la valent Gasela i amb la mare. Jo havia de saber si tots eren morts o vius; si el pare i la Diana havien tingut temps d'escapolir-se d'aquella situació que de ben segur no s'esperaven viure quan van arribar ahir a Londres.

Vaig avançar a poc a poc. Tenia la sensació que d'un moment a un altre els soldats em tornarien a agafar enlaire i m'escridassarien mentre em tancaven en un cotxe. Però això no va passar. Vaig arribar a la cantonada. Els soldats que havien romàs allí fins a aquell moment van córrer veloços cap el centre del conflicte, cap a l'esfera de llum. Jo ho veia tot a la meva dreta, a uns trenta metres de distància. Dins l'espai il·luminat podia distingir com es movien, frenètics, els cossos dels soldats i els policies que havien aconseguit reduir els fugitius, la majoria dels quals, pel que semblava, devien jeure a terra, morts o emmanillats sota la pressió dels cossos dels assaltants. No n'hi havia cap de dret. En un racó, gairebé fora de la llum, vaig descobrir, cap per avall, la cadira de rodes d'en Rufus.

Havien arribat unes deu ambulàncies i molts furgons de la policia, suposo que per endur-se els detinguts, que devien ser molts: aquella nau de *Mister* Black, quan jo la vaig veure durant les primeres hores del matí, era un formiguer de persones que hi treballaven. Em va semblar distingir com, efectivament, una filera de gent emmanillada abandonava l'interior de la nau custodiats per la policia i entraven, capbaixos, als furgons que els havien de traslladar a comissaria o a la presó.

No vaig veure cap dels meus. Havia d'acostar-m'hi i preguntar. Saber què li havia passat a la mare; si tal vegada les bales havien travessat el cos de la lluitadora oriental i l'havien mort també a ella. Volia saber si el pare i la Diana havien estat testimonis de l'episodi, si ells mateixos estaven fora de perill. A l'interior de la bola de llum, dins la qual només hi havia drets els soldats i els *polis*, s'hi amagava el meu futur immediat. Cap a ella em dirigia, fent un pas rere l'altre, sense córrer, conscient que no podia canviar el curs dels esdeveniments.

Cap soldat no em va aturar. Caminava sol pel mig de la calçada, hipnotitzat per la llum potentíssima que transformava l'entrada de la fàbrica de pinsos en una mena d'escenari de circ.

Quan vaig ser a la vora, vaig descobrir, asseguts a terra i amb l'esquena contra la paret, el pare i la Diana. Un soldat, amb màscara i granota protectora, els apuntava, dret al seu costat. El pare i la Diana, exhausts i desconcertats, miraven l'escena sense saber què dir ni què pensar. No es miraven l'un a l'altre, sinó que guaitaven bocabadats, no tan atemorits com sorpresos, tot el que passava dins i fora de la bola de llum. A prop seu, els soldats tenien immobilitzats a terra la colla dels corruptes. Hi havia tal confusió de gent, posicions i uniformes, que m'era impossible distingir-ne cap. Per allà sota, si és que encara era viva, hi devia jeure la mare. Una mica més enllà, per la porta de la fàbrica, continuaven desfilant els detinguts, tots emmanillats amb els braços a l'esquena. Els soldats els apuntaven mentre entraven, un rere l'altre, a les furgonetes.

Van arribar uns portalliteres, també amb uniformes de l'exèrcit, i van penetrar en l'esfera de llum pel meu costat. Van esquivar cossos fins a arribar al bell mig de l'espai i, allí mateix, van abaixar la llitera que duien. Aleshores es van ajupir, van fer l'esforç d'agafar un cos de terra i acomodar-lo sobre la llitera, i a continuació van aixecar a pes de braços la càrrega. Van passar pel meu costat: dins la llitera, amb el pit foradat a trets i tota la roba tacada de sang, jeia la Gasela nipona. Tenia la cara molt blanca, com pintada. Em va recordar aquelles actrius de teatre *kabuki* que sortien en els prospectes de viatges al Japó.

Vaig penetrar en la zona de llum. La mare devia jeure, viva o morta, a prop del lloc on els portalliteres havien recollit el cos de la Gasela. Dins la llum, la realitat esdevenia una mena de somni, o de representació teatral. El focus era tan potent que, fins i tot, semblava que l'aire s'havia densificat i esmorteïa els sorolls de l'exterior. Curiosament, dins la llum regnava el silenci. Els moviments de la gent que hi havia escampada per terra eren lents, com enregistrats a càmera lenta. Els rostres adquirien un color blavós i tot brillava desmesuradament.

Buscava la mare. La buscava aclucant els ulls i amb una mà fent de visera.

Amb la punta del peu vaig tocar un objecte que es va desplaçar uns centímetres. Era una pistola negra. Sota la llum, el negre era gairebé lila. Sense pensar-hi, em vaig ajupir i la vaig agafar. Una pistola lleugera, moderna, amb els cantells arrodonits. Una pistola lila que semblava de joguina i que s'adaptava perfectament a la meva mà quan la vaig empunyar. Un nen de catorze anys, enmig del caos i de la llum, amb una pistola.

Tot va anar molt de pressa. Un dels soldats que era a terra i custodiava un detingut em va veure i es va incorporar d'un bot. Ell també duia una pistola lila a la mà i m'apuntava.

Tira l'arma, maleït cabró!!! Tira l'arma!!!!

Tot va succeir molt de pressa, insisteixo. De sobte un crit, un crit estremidor. No vaig haver de girar-me per saber que sortia de la boca de la meva germana Diana.

Primer va cridar «POOOOOOLLL!!!!!!!» i després «NOOOOOOOO!!!!!!!!».

El policia va arrufar les celles i es disposava a disparar la seva pistola contra mi, que no havia fet cas de les seves ordres i continuava amb l'arma a la mà.

16

–NOOOOOOOOOOOOOOOOOOOO!!!!!!!!!!!!!!!! –va cridar la Diana.

–I per què no?

–No vull que matin en Pol! –es va queixar la nena, enrabiada, amb els braços plegats sobre el pit–. No em dona la gana, que matin en Pol!

–Potser no el maten. Potser només el fereixen, o ni tan sols això; potser la bala només li fa una esgarrinxada al braç...

–No m'agrada! –va insistir la Diana–. No m'agrada i punt.

La Sara Boixeda va moure el cap i es va encongir d'espatlles. Va dirigir els ulls cap al DIN A3 de paper Guarro de 2 mm que tenia a mig pintar damunt la taula.

–Avui no l'acabaré, bonica. I demà no tindré temps. I demà passat l'havia de lliurar a l'editorial, i em caurà una esbroncada de cal déu. Ens hem entretingut massa amb aquesta història.

–No m'agrada aquesta història!

–Doncs ho podies haver dit abans, reina.

–No m'agrada aquesta història perquè és cruel, i perquè tots som dolents. I nosaltres no som dolents.

–I tu què saps, si som bons o dolents? Fins que no s'acabi no ho pots saber.

–Doncs no vull saber-ho. Ni vull que l'acabis –la Diana va fer el petarrell amb els llavis–. Aquesta història és una merda!

–Parla bé, nena.

La Sara Boixeda mirava el full a mig pintar i es lamentava de la seva laxitud tot negant amb el cap.

–No ho tindré enllestit per dimarts, ja t'ho dic ara.

–Per què havíem de ser els dolents?

–Ja hi tornem a ser? Diana, no ho sé, filla. La història va com va...

–I tu la més dolenta de tots! –insistia–. Dolenta és poc. Dolentíssima! Jo em pensava que havíem anat a Londres per salvar en Pol.

–Per salvar-lo?

–És clar. Ja ho podies deduir per les seves trucades, que en Pol no estava bé. I fins i tot que no havia trobat la Giovanna. I més quan et va preguntar què era allò d'InFREE...

–InEXFREE.

–Això. Quan ell t'ho va preguntar i tu no li vas contestar, ja et podies ensumar que alguna cosa no anava bé. Ets una mare sense sentiments.

La Sara Boixeda es va posar a riure.

–No riguis, mare. Ho dic de debò. Qualsevol mare hauria fet tot el possible per ajudar el seu fill.

–Creus que jo era dolenta de debò?

–I tant! Eres l'amiga d'aquella bruixa japonesa que es feia passar per la Yoko. La que estava més emmerdada que ningú. El policia va dir a en Pol que tu havies anat a Londres per ajudar-la a ella. I ben bé que ho vas fer. Vas anar a la fàbrica de pinsos i vas sortir al seu costat, per protegir-la.

–Això no ho pots dir, perquè no ho saps.

–Sí que ho sé! I tant que ho sé! I ben segur et van matar, igual que a ella. I a més a més –continuava la nena, totalment obsessionada pel final d'aquella història que li semblava tan terrible– ens vas portar al pare i a mi a la ciutat. I no per fer turisme, sinó per reunir-te amb aquella assassina i fer-li costat.

–Diana, n'estàs fent un gra massa...

–I segur que al final també van matar el pobre Pol, que no hi tenia res a veure... Que cruel, mare!

–Et recordo que m'has interromput i no m'has deixat acabar la història.

–No vull saber com acaba! No m'interessa!

–Doncs si no t'interessa, reina, per què no vas una estona amb el pare i seus amb ell a mirar la tele? I així la teva mama cruel i dolenta podrà acabar, o si més no avançar una mica, aquest maleït dibuix que fa una setmana que està a mig fer.

La nena, malcarada, es va aixecar de la butaca mentre la mare agafava un pinzell i en mullava la punta en aigua.

De fet era el primer cop que s'emrabiava amb una de les històries inventades de la mare. Quan no hi havia cap llibre per comentar, solia demanar-li que s'inventés una història, igual que feia de petita, que li demanava un conte abans d'anar a dormir. Les històries que s'inventava la mare eren molt potents, i fins i tot el pare, que de tant en tant n'escoltava alguna, li recomanava escriure-les. Que sí, que la seva feina era la il·lustració, però que no estaria malament que algun dia provés amb l'escriptura, fins i tot escriure i il·lustrar les seves pròpies històries. La mare no li feia cas. Deia que ja en tenia prou i de sobres fent els dibuixos, i que s'estimava més que les històries se les inventés algú altre. Però tant la Diana com en Pol eren conscients del potencial imaginatiu de la mare. Com tramava les accions, com definia els personatges, com els feia relacionar-se. De vegades partia d'un conte conegut per transformar-lo en un de nou; d'altres vegades l'inici era una anècdota real que li havia succeït a ella o a un dels seus fills, i a partir dels fets reals construïa una narració de fantasia, on tot anava per on no havia anat, on tot sortia a l'inrevés. La mare feia les històries divertides, modernes; hi posava acció, com a les pel·lícules. La mare era un crac inventant històries. Per això, el dia abans, dissabte, després de rebre una trucada d'en Pol des de Londres, i quan la Sara Boixeda estava a l'estudi, la Diana va entrar-hi i va seure a la seva butaca habitual.

–Que no tens res per llegir, nena? Que vols que busquem un llibre? –va preguntar la mare sense aixecar els ulls del full que acoloria.

–No tinc ganes de llegir.

–Que vols explicar-me un conte?

–No tinc ganes d'explicar res.

La Sara Boixeda es va mirar la seva filla. Entre els dits de la mà dreta, subjectava un pinzellet molt fi amb els pèls tacats de color verd.

–Què et passa?

–No res, estic avorrida.

–Només això?

–Estic avorrida i en Pol s'ho està passant bé.

–Estàs gelosa –va sentenciar la dona–. La meva nena està gelosa.

–No.

–Era el seu regal, Diana. Tu també tindràs un regal espectacular quan facis els catorze.

–Què fa a Londres? On ha anat?

–Ha fet un munt de coses. Ahir, quan va arribar, va anar a sopar a una pizzeria del centre, amb la padrina i un amic seu que, això t'encantarà, és pallasso.

–Pallasso?

Sí, sí, pallasso, tal com sona. Treballa d'animador a les festes infantils. Doncs van anar a sopar, i després van fer una volta pel Soho i la zona gai, perquè resulta que el pallasso és gai... En Pol al·lucinava. L'amic de la Giovanna és molt divertit, pel que explica el teu germà. Vaja, que sembla un pallasso de debò! I avui s'han llevat tard. No m'he atrevit a preguntar-li a quina hora se'n van anar a dormir, perquè no vull tenir un tropell. I han visitat la Tate Modern, que és un museu d'art contemporani on hi havia una instal·lació gegantina amb una esfera de foc que representava el sol. Imagina't quina impressió! I han entrat a Saint Paul, la catedral, i han agafat el metro per anar a la Torre de Londres...

–S'ho està passant pipa.

–Això és el que toca, no? O t'estimaries més que en Pol hagués anat a patir, a Londres?

–M'hauria agradat anar-hi amb ell.

–I a mi.

–Però tu ja hi has estat.

–Però no em faria res tornar-hi, i no una, sinó mil vegades.

La Diana s'havia animat una mica amb la conversa, i la seva mare ho va clissar de seguida.

–T'imagines, nena, que a en Pol li hagués sortit tot al revés? T'imagines que res no hagués sortit com estava previst? Seria una història molt forta!

Jo què sé: el noi puja a l'avió, aterra a Heathrow, i resulta que la Giovanna no el va a buscar. No apareix per l'aeroport. I en Pol allà, com un estaquirot, sol, sense conèixer ningú...

–Sort que parla anglès.

–Sí, sort d'això. Però ni tan sols té lliures, la moneda de Londres. Perquè resulta que a Anglaterra no tenen euros.

La Sara Boixeda havia atret l'atenció de la nena. D'aquella manera començaven les històries que tant li agradaven i que ella s'inventava amb tota la naturalitat del món. Els personatges, les situacions, els ambients. Construir una aventura a Londres no li costava gaire, perquè coneixia la ciutat. Era qüestió d'anar xerrant, i la bastida de la ficció s'aixecava sola.

El relat inventat de les peripècies d'en Pol a Londres havia durat dos dies: tota la tarda del dissabte i tot el diumenge. El pare va haver de sortir sol a comprar el diari i el pollastre a l'ast, perquè la seva filla es va negar de totes totes a abandonar l'estudi on treballava la mare. La nena estava enganxada a la història, i la mare, tot i que al principi compaginava la narració amb l'acoloriment dels dibuixos, al final estava tan concentrada en la ficció que havia oblidat l'autèntic motiu que la mantenia tancada a l'estudi. A l'hora de dinar, mare i filla restaren pràcticament mudes.

–La Yoko de debò s'assemblava a la de la història? Era tan *sexi* i tan poderosa? –va preguntar la Diana a la mare.

–No sé què dir-te. Era més jove, és clar, però tenia un do. Era una dona atractiva i misteriosa.

–Ja torneu a parlar de la bogeria de Londres? –va preguntar el pare mentre enforquillava unes fulles d'enciam.

–Més o menys –va contestar la seva filla.

En acabar de dinar, la nena no va voler veure la tele, ni fer migdiada.

–Vull saber més. Vull saber què passa.

–Tinc feina, Diana. Per què no ho deixem per més endavant? Fins i tot seria bo esperar en Pol perquè ens expliqués coses que ha viscut de debò i així...

–No. Vull la teva història, no la d'en Pol. No vull la realitat, mare.

–Vols la ficció.

–Sí. Vull la ficció.

–Necessites la ficció...

–Sí, mare.

–Has sortit com jo, nena. Pastada.

La Diana s'havia capficat tant en la història de la mare, que el final, o allò que semblava el final, l'havia decebuda. Li sabia greu que la mare hagués adoptat el paper de dolenta. Ella! Ella que s'inventava la història! Això li costava d'entendre. Com pot, la persona que s'inventa una història, donar-se a ella mateixa el paper de dolenta? Com s'entén, això? Si la Diana s'inventés una història i s'hi fes sortir, no seria mai la dolenta, és clar. Seria l'heroïna, la que salva els bons, la que dispara millor que ningú, la que lluita per fer el bé i ajudar la gent que està en perill. No se'n sabia avenir. La mare estava sonada.

Va sortir de l'estudi i va anar al menjador. El pare seia davant la televisió, mirant un partit de tennis.

–Que ens voldràs acompanyar a l'aeroport a buscar el teu germà?

–No.

Va anar a la seva habitació i va jeure al llit. Quina bajanada! Ser la dolenta! Voler ser la dolenta! La mare en té cada una... Segons el seu parer, la mare havia d'haver arribat a Londres per, d'una banda, ajudar la Giovanna, la seva autèntica amiga, i, de l'altra, ajudar el seu fill. Això és el que hauria d'haver fet. Ajudar i protegir en Pol, no aquella bandarra mafiosa. I a sobre, al final de tot, un soldat dispara contra en Pol. El que faltava! Matar el seu propi fill! No a la realitat, sinó a la ficció, com deia la mare. Però matar-lo d'alguna manera. Allò no estava bé. Cap mare no mataria el seu fill. És clar, però, que la mare no havia tingut temps d'acabar la història. Potser, d'haver-li permès continuar, en Pol se salvava, i la mare també. Fins i tot podia ser que la mare hagués mort la seva amiga, que en realitat no era la seva amiga, sinó que es feia passar per la seva amiga per matar-la, per fer-li pagar tot el mal que havia fet a tantes persones. Sí, això també podia ser. La mare se sacrifica i viatja a Londres amb una missió: liquidar un dels caps de l'Operació Kyoto. Enganya marit i filla anunciant-los un vol a Londres regal de l'editorial per a la qual treballa. La mare fingeix estar contenta a l'avió, però en realitat no escolta la seva filla, i quan contesta ho fa de manera absent, sense saber què es diu. En realitat dissimula el seu neguit.

La Giovanna l'havia telefonada uns dies abans. La va posar al corrent de les complicacions que havien sorgit en el cas InEXFREE, l'empresa per a la qual totes dues havien treballat uns anys enrere i que els havia fet guanyar uns quants calés amb activitats no del tot legals. La Giovanna tenia por, i la Sara també. Ella era lluny de Londres, i tenia la seva vida fora del cercle d'en Rufus, *Mister* Black i companyia, però la neguitejava que el passat volgués passar factura a la Giovanna. I a més a més coincidia amb la visita que el seu fill es disposava a fer-li. I si la situació s'agreujava justament els dies que en Pol era a Londres? La Sara no es perdonaria mai que en Pol patís les conseqüències d'aquell assumpte tan tèrbol.

La Giovanna li va demanar un favor.

–M'has de fer arribar aquells documents que et vaig donar perquè els amaguessis. Els vull tenir jo. Són les proves que em poden salvar si col·laboro amb la policia.

–T'ho enviaré de seguida, Giovanna.

Però la seva amiga no estava segura que els documents arribessin, ni per via correu postal ni per correu electrònic. Aleshores, si les coses no es complicaven i tot seguia el seu curs, els podia donar a en Pol, perquè ell els hi lliurés personalment.

–I sobretot, Giovanna, no vull que al meu fill li passi res. Si el dia abans d'arribar veus que la teva situació no és prou segura, en Pol no volarà. I si es compliquessin les coses quan ell és a Londres, pel que més vulguis, emporta-te'l ben lluny, Giovanna. Promet-me que ho faràs.

El dia abans que viatgés en Pol, la Giovanna va trucar a la Sara per tranquil·litzar-la. No hi havia cap novetat. Van acordar que en Pol duria un llapis de memòria amb els documents a la motxilla, sense que ell ho sabés. La mateixa Giovanna l'agafaria quan el noi dormís aquella primera nit a casa seva.

El mateix divendres, quan en Pol ja era a Londres i havia trucat anunciant que no s'havia trobat amb la padrina, però que estava bé, a casa d'un veí, la Sara se'n va malfiar. Va provar de contactar amb la Giovanna per la seva banda, sense èxit. Tal com li havia dit en Pol, al telèfon fix de la seva amiga responia un home anomenat Samuel, a qui recordava de l'època d'InEXFREE. Això la va posar en alerta. I l'ensurt definitiu, la gota que va fer vessar el got dels seus temors, fou una trucada que va rebre aquella mateixa nit, a una hora intempestiva, dos quarts d'una de la matinada. En un anglès característic que ella no va trigar ni un segon a reconèixer, la veu de la Gasela la va saludar.

La Sara i la Huri Hiyamoto s'havien conegut a finals dels noranta, a través de la Giovanna. Tant a l'una com a l'altra, la Gasela els recordava la Yoko, l'amiga comuna que tenien quan als vint anys vivien a Londres. La Gasela era una dona temperamental i decidida que treballava com a relacions públiques per a l'empresa InEXFREE. La Gasela havia contactat amb la Giovanna, i més tard amb la Sara, a qui havia ofert, en aparença, una feina de representant i relacions públiques de l'empresa a Catalunya. La Sara anava avisada per la Giovanna: allò no era un negoci net al cent per cent, però se'n podia treure una bona pessigada de diners sense embrutir-se les mans. Aquella temporada, els encàrrecs com a il·lustradora que rebia la Sara Boixeda havien minvat de manera alarmant, potser perquè hi havia una crisi en el sector editorial català. Els ingressos extra que suposava acceptar la feina proposada per la Giovanna no anirien gens malament per alleujar el mal moment econòmic. La feina que elles dues havien de fer per a la Gasela era purament de representació. Portar gent amunt i avall, fer de contacte entre clients i distribuïdors, lliurar sobres amb adreces, atendre trucades de telèfon en anglès. La Gasela va viatjar sis cops a Barcelona en aquell temps. La Sara la recollia a l'hotel i passava gairebé les vint-i-quatre hores del dia amb ella. La Gasela era una dona molt llesta, acostumada a tenir la paella pel mànec. Per a algú com la Sara, que es passa tot el dia tancada a casa fent una feina solitària, aquella dona extravertida representava un carregament de piles. La Sara, en certa manera, l'envejava. Li hauria agradat ser com ella, tenir el seu estil. La Gasela es comportava com una bona amiga, li feia regals caríssims, la convidava a restaurants de luxe i sempre li duia llibres il·lustrats japonesos que rebien l'admiració i provocaven l'enveja dels col·legues catalans de la Sara.

Quan la Sara Boixeda va tallar la seva relació laboral amb InEXFREE, la Gasela encara va viatjar un cop més a Barcelona. La Sara estava a la defensiva. Li va dir ben clar que si havia vingut només per convèncer-la que no deixés la feina, havia fet el viatge en va. La Gasela va rebutjar aquella argumentació.

–Vinc com a amiga, Sara. Exclusivament com a amiga. Perquè em sap greu pensar que no ens tornarem a veure més.

Al final, com era de preveure, va sorgir el tema de l'empresa. La mare va exposar la seva opinió: tot eren irregularitats, tot era un muntatge que ja no es creia. I no tan sols això, sinó que sospitava que hi havia males intencions en algunes activitats d'InEXFREE. Actituds que no compartia, coses fosques amb les quals no volia tenir res a veure.

–Soc una il·lustradora, Huri, no una delinqüent.

La japonesa va intentar demostrar-li que s'equivocava, que algú li havia inflat el cap amb coses que no eren certes. La Gasela, i això és el que va decebre més la Sara, va intentar posar-la en contra de la Giovanna.

–No en parlem més, Huri. Has dit que has vingut com a amiga, i això és el que valoro.

–No et menteixo quan dic que em sap greu perdre't com a companya. Però t'asseguro que em doldria més perdre't com a amiga.

La Sara i la Gasela, a la terrassa de l'Hotel Arts, es van fondre en una abraçada.

Aquell divendres, la trucada a deshora de la Gasela va revolucionar el delicat equilibri emocional de la Sara, amb una amiga i un fill a Londres. La Gasela li va demanar protecció. Segons ella, la seva situació actual era molt delicada.

–Què vols dir, Huri?

–Sona molt fort el que et diré, Sara. Però ho he de fer, per això t'he trucat. Em volen matar.

–Què? –La Sara es va quedar sense respiració.

–Em volen matar, noia. Tenies raó tu, el darrer cop que vam parlar. Hi ha una merda molt fosca que put sota la capa externa d'InEXFREE. Res no és el que sembla. I jo ara sé coses. I per això mateix ara sobro. I em volen eliminar del mapa.

–No ho has denunciat a la policia?

–No puc, Sara. Estic esquitxada per aquesta merda. No tinc escapatòria.

La Gasela li va demanar refugi temporal a Barcelona. Havia de sortir de Londres, havia de començar una nova vida. Havia de fer net.

–Vols lluitar contra les amenaces de l'empresa, Huri?

–Per què m'ho preguntes? –li va demanar la japonesa.

–Perquè em rebenta que t'hagis de rendir i llançar la tovallola, quan els dolents són ells, i no tu. I no ets l'única: hi ha més gent amenaçada. –La Sara pensava en la Giovanna, és clar.

Després d'un silenci que només trencaven els gemecs de la Gasela, la Sara li va fer la proposta.

–Jo tinc proves. Guardo documents secrets i extraoficials d'aquella època.

–Què dius ara?

–No sé si faig bé dient-ho. Però et puc ajudar.

La japonesa no va saber què dir sobre la proposició de la Sara. Li va deixar un número de mòbil i van quedar que es trucarien aviat.

Alguna cosa no rutllava. La prova la va tenir l'endemà a la tarda. Primer de tot la va trucar en Pol, i li va demanar què era InEXFREE. Un quart d'hora més tard li va trucar la Giovanna. Ella estava bé i sota protecció policial. El problema era en Pol. Tot s'havia precipitat just a l'hora que ella anava a buscar-lo a l'aeroport, la tarda abans. Algú havia entrat a casa seva i l'havia amenaçada amb una pistola. Ella havia sortit per cames. El paio va arribar a disparar mentre ella baixava per l'escala, i va tornar a fer-ho des de la finestra del seu propi pis, quan ella fugia pel carrer. Havia aconseguit que un amic, l'Oliver, anés a recollir el nano a Heathrow. Però no havia pogut evitar que en Pol caigués a les seves mans...

–A les seves mans? Què vols dir amb això de «les seves mans»? –cridava la Sara com una boja mentre s'estirava dels cabells–. Les mans de qui, noia?

–D'ells, Sara. De la Gasela, en Rufus i els seus homes.

–Que han agafat el meu fill? Aquella colla de corruptes sanguinaris tenen el meu fill?

La Sara, quan es va haver calmat una mica, no va comentar res a la Giovanna sobre les trucades d'en Pol, que, o bé fingia de manera admirable, o continuava lliure, ves a saber amb qui, però lliure. Les dues amigues van plorar com unes desesperades per telèfon. La Giovanna només repetia que no es perdonaria mai el que havia passat, que ella donaria la vida per en Pol, però que ara mateix no sabia què fer per recuperar-lo.

–Et sembla que la Huri hi està implicada? –va preguntar la Sara.

–I tant! La Huri té més poder que mai. La Huri és la més perillosa!

–Vinc a Londres.

–Em sembla que no és prudent, Sara.

–No sé si ho és o no, noia, però jo he de salvar el meu fill.

–Potser només volen el llapis de memòria...

–Que ho saben, que porta el dispositiu?

La seva amiga va emmudir a l'altre costat del fil telefònic.

–No ho sé, Sara. No sé si ho saben. Ni sé com ho han sabut, en el cas que ho sàpiguen. Potser només volen el llapis de memòria –va repetir la Giovanna.

–I quan el tinguin, què? El deixaran anar? El duran a un hotel? O li fotran un tret, noia?

La Sara va trucar a l'aeroport de Barcelona. Va aconseguir un vol per a aquella mateixa nit. Després de penjar, esverada com estava, li va costar déu i ajuda inventar-se una mentida convincent per enredar el seu marit. Per què havia de volar a Londres amb aquella precipitació i aquell neguit? Què passava? Era massa llarg d'explicar. Llarg i complicat. Per al seu marit i els seus fills, l'etapa de col·laboradora d'InEXFREE no havia existit mai. Què els havia de dir?

Va trucar novament a l'aeroport i va reservar dos passatges més.

El seu marit i la seva filla estaven asseguts fent un puzzle gegant a la taula del menjador.

–Qui s'animaria a volar a Londres ara mateix per fer turisme i donar una sorpresa a en Pol? Algú en té ganes?

Ho va dir com si fos un acudit. El seu marit la va mirar com si, de sobte, s'hagués tornat boja. La nena, en canvi, va contestar amb una exclamació de joia.

–M'acaben de trucar de l'editorial. Tenen tres bitllets d'avió sense amo. Me'ls regalen! A ningú li fa gràcia aprofitar aquesta ganga? L'avió surt d'aquí a dues hores!

Mentre el seu marit, confós i pensant que una bajanada així només podia sortir del cervell de la seva dona, feia la maleta de pressa i corrent, la Sara va telefonar al mòbil de la Gasela.

–Vinc a ajudar-te, Huri. Reserva'm una habitació doble amb un llit supletori en un hotel cèntric.

La ment de la Sara havia començat a maquinar un pla. Era un joc perillós, i els jugadors no eren aigua clara. Però el motiu era molt important per a ella. Era allò que més s'estimava i pel que estava disposada a deixar-s'hi la vida.

La precipitada excursió va suposar una prova de foc per al delicat sistema nerviós de la Sara Boixeda, que durant l'espera a l'aeroport i el vol a Londres va haver de fer ús de tot el seu potencial interpretatiu. Simulava estar encantada, excitada i divertida, quan en realitat estava no tan sols preocupada, sinó també terroritzada pel que els podia passar, a ella i a la seva família, quan arribessin a l'aeroport de Heathrow. La filla es mostrava encantada de la vida, i el seu nerviosisme era molt diferent del que patia, en silenci, la seva sacrificada mare.

–T'has begut l'enteniment, noia –li deia el seu marit quan van seure a l'avió i l'hostessa donava les instruccions de seguretat–. Per més gran que et facis, continues amb el cap ple de pardalets.

–Què millor que unes dosis d'adrenalina! –li deia ella, simulant alegria–. Què seria la vida si no poguéssim fer de tant en tant alguna ximpleria com aquesta!

L'avió va aterrar a les 21.30 h. No havien dut equipatge, per la qual cosa no van haver d'esperar les maletes, i de seguida ja eren al carrer agafant un taxi.

La Gasela havia enviat un missatge al mòbil de la Sara. «Hotel Churchill. Gloucester Place. Truca'm quan arribis».

Quan les bosses de mà van ser a l'habitació, van sortir a buscar un restaurant obert per sopar. En van trobar un a la vora de Piccadilly Circus. Mentre esperaven que els servissin, la Sara va anunciar

que trucaria a la Giovanna per saber on eren i a quina hora es podien trobar l'endemà amb en Pol i donar-li la sorpresa.

–Surto a fora, que aquí dins no sentiré res.

Va trucar a la Gasela.

–Et porto els documents que necessites.

–Ets un sol, Sara.

–El meu fill és aquí, a Londres, a casa de la Giovanna Rognoni. La recordes?

–És clar. Fa temps que no sé res d'ella –va mentir la japonesa.

–Et va bé que ens trobem demà després d'esmorzar?

–A les 10 en punt seré a la recepció de l'hotel.

Aquella nit, després de sopar, el marit i la filla van voler veure l'ambient nocturn del centre: joves de totes les races i colors fent cues a les entrades de les *discos*, músics ambulants a totes les cantonades, gent que sortia dels teatres i dels cinemes... La Sara tenia el mòbil apagat. No volia que en Pol la telefonés sense haver rumiat abans què li diria i quin seria el pla d'acció.

L'endemà van esmorzar al bufet lliure de l'hotel. Mentre el marit i la filla pujaven per agafar les coses a l'habitació, la Sara es va trobar amb la Gasela a la cafeteria del Churchill. L'oriental va simular estar destrossada, neguitosa i espantada pel que li podia passar. Va demanar a la Sara que li guardés una carpeta amb documents compromesos que havia aconseguit treure de les oficines. La Huri feia una actuació impecable de dona desesperada. La Sara estava convençuda que en aquella carpeta només hi havia paperassa per cremar.

–No et preocupis, Huri. Guardaré la carpeta a l'habitació. Procura aïllar-te de tothom fins que ens trobem aquesta tarda.

–Has dut els documents dels quals em vas parlar?

–Sí, però els he deixat en una caixa forta, lluny de l'hotel. Em fa por que algú hagi sabut que soc aquí. Els recolliré i te'ls donaré aquesta tarda.

Quan la Gasela va haver marxat, la Sara va sortir a passejar amb la família. Van anar a peu fins a les cases del Parlament; van fotografiar el Big Ben i l'abadia de Westminster. A Trafalgar Square el seu marit va voler entrar a la National Gallery perquè la nena veiés algun quadre famós. Va escollir *El matrimoni Arnolfini*, de Van Eyck, un pintor holandès del segle XV. Mentre pare i filla admiraven el quadre i la nena rebia un munt de suggeriments sobre el significat de l'obra i els detalls de la iconografia, la Sara es va excusar per anar al lavabo. A casa de la Giovanna no hi havia ningú, i la seva amiga mai no havia tingut mòbil. Va fer un exercici de concentració com el que feien a les sessions de shiatsu i, ves a saber com, va funcionar. Va sonar el seu mòbil mentre el tenia a la mà, davant la porta del lavabo de dones. Era un número desconegut, i la veu que va parlar era la de la Giovanna.

–Sort que has trucat! Ja estava desesperada! On és en Pol?

–Està bé, no et preocupis. Els astres ens fan costat, Sara, com sempre. Ja no és amb la colla d'en Rufus. L'acompanyen dos policies, tot i que el nano potser no sap que ho són. El protegeixen, Sara, no pateixis. El llapis de memòria va arribar bé: els documents ja han estat valorats per Scotland Yard i s'ha engegat una operació importantíssima per detenir la cúpula dels corruptes. Aquest vespre cauran tots, i podrem viure tranquils.

–Vull veure en Pol, Giovanna.

–M'han dit que no, Sara. Has de tenir paciència i confiar en mi. He informat a la policia que ets aquí, ben segur que us estan vigilant perquè no passi res.

–On ets tu?

–Des del divendres que soc a les dependències policials, a Greenwich, lluny de tot. El teu fill està bé, Sara, i en bones mans. Tan bon punt em diguin on el pots recollir, t'ho faré saber de seguida.

–Tinc ganes que aquest malson acabi d'una vegada, noia.

–La policia m'ha dit que us heu vist, tu i la Huri...

–Potser m'he precipitat... Jo em pensava que ella tenia el meu fill...

–Sap on ets?

–Sí. Aquesta tarda he quedat amb ella.

–No hi vagis, Sara! Fuig d'aquest escurçó!

–No sé si me'n podré escapar... M'he fotut de peus a la galleda, noia...

–En sap molt de greu tot el que ha passat...

Van dinar un entrepà i una llauna de Coca-Cola a la riba del Tàmesi, mirant com s'entrenaven una colla de joves remers amb les seves canoes. La Gasela va telefonar.

–És la Giovanna –va mentir la Sara, i es va allunyar unes passes del seu marit i la seva filla.

–A les cinc en punt et passaré a buscar per l'entrada de l'hotel. Vull que vegis una cosa.

–L'avió de tornada surt a les deu del vespre, Huri.

–Una hora abans hi seràs, no et preocupis.

Havent dinat, quan es dirigien cap al museu de cera de Madame Tussaud, la Sara Boixeda es va trobar malament.

–Aneu-hi vosaltres. Jo aniré a l'hotel a descansar una estona.

–Venim amb tu –va dir el seu marit.

–Ni pensar-ho! Jo em conec Londres molt bé i he visitat el museu un munt de vegades! A les set ens trobarem amb la Giovanna i en Pol a Trafalgar Square per donar-li la sorpresa.

La Sara Boixeda va agafar un taxi. Mentre esperava la Gasela a la recepció del Churchill, la va telefonar el seu fill. Va dubtar si contestar o no, però era el seu fill, i necessitava sentir la seva veu, saber que es trobava bé. En Pol estava al cas de tot, fins i tot sabia que ella era a Londres. No va poder excusar-se. En Pol la volia veure, però ella s'havia de desfer de la Gasela. Li va saber molt de greu aquella conversa estranya amb el seu fill, que li parlava com si fos una desconeguda, o encara pitjor, com si fos la culpable de tot el que li havia passat durant el cap de setmana.

Quan va penjar, un cotxe esportiu de luxe amb els vidres glaçats es va aturar davant la porta de l'hotel. La Sara Boixeda va sortir tot pensant que la Gasela ja s'havia cansat de dissimular. Algú, des de dins el vehicle, va obrir la porta del darrere. La Huri, vestida com una meuca, esperava asseguda amb les cames encreuades. La Sara va entrar sense dir ni hola, i el cotxe va arrencar.

17

254 El vehicle es va aturar davant una nau cimentada i pintada de blanc, la façana de la qual estava retolada amb una il·lustració de dues gallines i els seus ous. Havien creuat un polígon industrial despoblat, ben segur perquè era diumenge. Quan van baixar del cotxe, la Gasela va donar ordres al xofer perquè se n'anés. Les dues dones el van veure partir, l'una al costat de l'altra, d'esquena a la façana d'aquella fàbrica de pinsos.

–Vaja, vaja. Mireu qui tenim aquí!

Qui va parlar ho va fer des de la porta d'accés a l'interior d'aquella nau. La Sara Boixeda es va girar sense pressa, perquè havia reconegut la veu. Una dona oriental vestida amb un quimono de tons blaus estava quieta i capbaixa darrere la cadira d'en Rufus. L'home, amb un barret de palla a la falda, feia pressió amb les mans sobre els reposabraços de la cadira, com si estigués a punt d'agafar impuls i aixecar-se, i es mirava la Sara Boixeda amb un somriure maliciós.

–L'ocellet que ha tornat a la gàbia –va dir.

A la Sara Boixeda no li va caldre mirar l'expressió de la seva companya de viatge per entendre, ara ja definitivament, que havia caigut a la trampa. Va saludar en Rufus amb un cop de barbeta mentre la Gasela li obria la bossa de mà i li treia el mòbil. A continuació, la va escorcollar de cap a peus.

–I ara què? –es va limitar a preguntar la Sara.

–Ara ja gairebé hi som tots. Només cal posar les cartes cara amunt –va dir l'home, i va fer un gest amb la mà a la dona que l'empenyia perquè entressin a la fàbrica.

–La policia us va al darrere –va dir la Sara, mostrant un control de la situació només aparent. Per dins era un sac de nervis.

Abans d'entrar, van presenciar com un taxi s'aturava allà on eren. Del taxi en van baixar el marit i la filla de la Sara Boixeda.

Trobar-se la família la va desestabilitzar, i durant uns segons va estar a punt d'enfonsar-se.

–Què hi fas aquí, mare? –va demanar la nena.

–Em pensava que series a l'hotel. On som? Ja et trobes bé? Qui és ella? –va preguntar el seu marit assenyalant la Gasela amb un cop de barbeta.

La Sara Boixeda no va moure ni una parpella i va fer el cor fort. No, ara no podia llançar-ho tot per la borda. Calia aguantar una estona més.

–No m'hauríeu d'haver seguit –es va limitar a dir–. M'havíeu d'esperar a l'hotel. Aquest era el tracte.

–Quin tracte? –va voler saber el marit, cada cop més intrigat.

–Hem d'entrar, Sara –va parlar la Gasela–. No tenim gaire temps.

–Són el meu marit i la meva filla petita.

–Doncs que entrin també. Ja els buscarem algun lloc perquè t'esperin.

Un jove vestit de negre es va endur el marit i la filla de la Sara Boixeda a la cafeteria del pis superior d'aquella nau fantàstica dotada dels millors avenços en el camp de la informàtica i les telecomunicacions. Tant l'un com l'altre, impressionats per la realitat que s'amagava darrere aquella façana tan simple de la fàbrica de pinsos, restaren amb la boca oberta mentre el jove de negre els convidava a seguir-los.

–On som, Sara? Què coi és això?

–Ara no podem parlar. M'esperen per a una reunió. Aquest noi us acompanyarà. Després us ho explicaré tot.

–Què hi fan aquí? Sembla la NASA! –exclamava, impressionat, el seu marit.

–Es tracta d'un centre d'operacions secret de Scotland Yard, senyor Boixeda –va parlar la Gasela–. La Sara ha vingut a Londres per declarar sobre un assumpte de vital importància. Acompanyin aquest jove a la cafeteria. Se'ls servirà tot allò que els vingui de gust.

–Scotland Yard? –va preguntar el marit amb les celles arrufades–. Què hi tens a veure tu amb Scotland Yard?

–Ja t'ho explicaré després, Guillem –va contestar la seva dona–. No t'ho puc resumir en un minut.

–Què és Scotland Yard, pare? –va demanar la nena.

La Sara Boixeda, veient-los pujar l'escala que portava al pis superior sense treure els ulls de les pantalles, els ordinadors i la gent que allí treballava, va pensar que el seu marit no se n'anava angoixat, sinó sorprès. Ell la va mirar encara una vegada, preguntant amb un gest de les espatlles què significava tot aquell misteri. La Sara Boixeda es va limitar a negar amb el cap i de seguida es va girar per seguir la Gasela, que havia començat a caminar nau endins.

Entraren en un despatx ple de gent a qui la Sara no coneixia. Tots anaven ben vestits i seien en butaques, llevat d'un, que anava en mànigues de camisa i tenia el cul recolzat sobre una taula.

–Soc en Black –es va presentar l'home–. Estic segur que has sentit a parlar de mi.

–Més d'un cop –va assentir la Sara.

–Doncs ara em veus la cara. Em sembla que portes una informació que ens urgeix. Si més no, que urgeix a algú altre.

–No sé de què em parla –va dir la Sara.

–No em facis riure. Hi ha unes persones que t'estimen i que ara mateix estan pendents d'un fil, saps què vull dir? La seva salvació dependrà d'aquesta informació.

–A qui es refereix?

–Doncs... a la teva amiga Giovanna Rognoni, per exemple. I al teu fill... Pol? –La Gasela va assentir amb el cap quan en Black s'hi va dirigir per confirmar el nom del noi–. Pol, això mateix.

–Són amb vosaltres? Són aquí?

–Primer ens has de donar el llapis de memòria. És molt lleig això de robar documents. I fer-hi xantatge encara és pitjor. No sé qui t'ha ensenyat a comportar-te d'aquesta manera.

–I si no us el vull donar?

Tres homes orientals altíssims es van alçar de les butaques.

–Els meus ocellets et despullaran en un tres i no res. I trobaran els documents encara que te'ls hagis amagat al forat del cul.

–I si me'ls he deixat a l'hotel?

–Per què ho havies de fer?

–Perquè no em refiava de la Gasela. No m'he empassat ni una de les seves mentides fastigoses.

La Gasela va abaixar els ulls, enutjada.

–De debò que has deixat el llapis de memòria a l'hotel? –va preguntar en Black.

–Vols que em despulli jo mateixa per comprovar-ho?

Tot el que va passar a continuació fou confús. De cop i volta, una dona rossa amb els cabells recollits en una cua va entrar al despatx sense demanar permís. Es va dirigir a en Black i li va xiuxiuejar alguna cosa a l'orella. «No pot ser», van sentir tots els presents que deia l'home. La dona va assentir amb el cap. En aquell moment tres dels presents van rebre trucades als mòbils respectius. La reunió es va dissoldre de la manera més estranya: la gent parlava per telèfon, cada vegada més crispada. Sonaven els mòbils, els faxs, els telèfons fixos. El nerviosisme es va estendre ràpidament entre la gent que treballava en aquella nau immensa. La Sara ho veia tot des del despatx del qual encara no havia sortit ningú, però on entraven persones a cada moment, totes carregades amb ordinadors portàtils que en Black havia de mirar, telèfons que en Black havia de contestar, informes que en Black havia de llegir. Les expressions eren d'inquietud i de por.

Enmig del caos, un dels pinxos orientals que havien amenaçat la Sara Boixeda se li va acostar i li va parlar a cau d'orella.

–Dissimuli. No faci preguntes. Soc policia. Em dic Eagle, treballo per a Scotland Yard en la coordinació de l'Operació Kyoto, que està arribant a la fase final.

–Vostè és policia?

–No faci preguntes. Limiti's a escoltar-me. La policia anglesa assaltarà aquest centre en pocs minuts. El seu fill i la seva amiga estan bé, jo mateix els he vist. Vostè ara em seguirà, dissimuladament. Amb tot aquest enrenou ningú no se n'adonarà. Recollirem el seu marit i la seva filla i sortirem per una porta posterior.

En aquells moments la Gasela s'hi va apropar.

–Hi ha algun problema, Eagle?

–No res. La senyora em preguntava què està passant.

–I tu li ho explicaves, Eagle?

Com per art de màgia, va aparèixer una pistola a les mans de la Gasela. El canó de l'arma apuntava directament al cor de l'oriental.

–Que potser li deies que un malparit de la policia s'ha infiltrat a la nau? Que potser li explicaves que el malparit ets tu?

Els altres dos orientals que havien estat presents a la reunió van agafar l'Eagle i el van immobilitzar estrenyent-li els braços a l'esquena. Mentre ell s'hi resistia, tres homes més es van acostar al grup i van encanonar-lo.

–Buideu-li les butxaques: va armat –va dir la Gasela.

Un dels tipus va obrir l'americana de l'oriental retingut. Duia una pistola sota l'aixella i una altra al cinturó. L'home es resistia, i van haver d'acudir més persones fins que, entre tots, el van reduir de genolls a terra.

La Sara Boixeda, que s'havia separat uns passos, va observar com el jove que havia desarmat el policia deixava les pistoles sobre la taula del despatx d'en Black. Sense que ningú se n'adonés, la Sara es va acostar a la taula i se'n va amagar una a la butxaca de la caçadora.

Es van endur el detingut. El despatx era un caos i arribaven informacions que feien témer un assalt imminent per part de la policia i l'exèrcit. Es donaven ordres a tort i a dret, les unes diametralment oposades a les altres. En Rufus, a la seva cadira, no parava de preguntar a crits què coi havia passat i a què obeïa aquella descoordinació i manca de previsió. Al pobre invàlid ningú no li feia cas, i ell mateix interferia en les anades i vingudes dels altres amb els seus moviments abruptes amb la cadira electrònica.

–Què està passant, Black? Qui dimonis dona les ordres aquí?

La Gasela, un cop es van haver endut el policia infiltrat, va encanonar la Sara Boixeda amb una pistola i va ordenar als seus homes que anessin a la cafeteria a buscar l'home i la nena.

–I ara què, Huri? Com ho arreglaràs, tot això? –li va demanar la Sara.

–Prega a Déu perquè no hagi estat la teva amiga italiana de merda la que ha engegat aquest xou. Et juro que, si és així, no ens aturarem fins a enxampar-la i fer-li pagar tot el mal que ens ha fet.

–Això serà si podeu. Potser tu mateixa hauràs de passar una bona temporada a la garjola.

–Procura que tu i la teva família no acabeu amb un tret al cap.

El marit de la Sara Boixeda tenia el rostre desencaixat quan va entrar al despatx acompanyat de la seva filla i un home armat que els apuntava per darrere.

–Què és tot això, Sara? Què redimonis vol dir tot això?

–Són pistoles de debò, mare? –va voler saber la nena.

El gabinet de crisi s'havia reunit al despatx d'en Black. Era possible que hi hagués policia a la vora. Ben segur el malparit de l'Eagle havia revelat la localització exacta de la nau i no era un disbarat pensar que en les properes hores es disposessin a atacar-los. Havien de fugir immediatament. Els treballadors de la nau estaven emmagatzemant tota la documentació dels ordinadors en memòries USB abans de destruir els discs durs. En Black havia contractat una avioneta privada que els recolliria al cap d'un hora exacta al solar sense construir de la zona S del polígon, només un quilòmetre i mig al sud de la fàbrica. Ell mateix havia designat un encarregat que coordinaria l'operació de buidar els ordinadors i organitzar la sortida dels treballadors. Tothom havia de ser fora de la nau en menys d'una hora i mitja. Tenien ordre de destrossar-ho tot, màquines, pantalles, instruments. Per la nau havia de passar un huracà abans no entrés la policia.

Els que marxarien en l'avioneta serien en Rufus, la Gasela, en Willy, els dos orientals, la secretària d'en Rufus i en Jocki. S'endurien com a ostatges la família de Barcelona. Tots ells marxarien immediatament, acompanyats per nou membres de l'equip de seguretat. En Black esperaria que tot estigués sota control, i aleshores aniria a reunir-se amb ells a l'esplanada del sector S, just quan arribés l'avioneta.

La Diana va tenir por quan la seva mare li traduí allò que aquell home explicava. La paraula *ostatge* la va relacionar de seguida amb la paraula *segrest*, i aleshores tot va lligar: les pistoles, els crits, la por. Es va abraçar a la seva mare i li va confessar que tremolava, que la situació li provocava pànic.

–Què ens passarà, mare? Ens mataran?

–I ara! Com se t'acut pensar això, filla?

–Ens segrestaran. I potser ens mataran...

–No vull que ho pensis. Tots aquests són dolents, i no ens faran mal perquè la policia ens salvarà.

–Quina policia? On és la policia?

La seva mare no va saber què contestar. El seu pare s'havia hagut d'asseure a terra. Les mans li tremolaven, i la seva filla no li havia vist mai aquella expressió sorruda i malhumorada.

–La mare diu que la policia ens salvarà, pare –el va consolar la Diana.

El pare no va contestar.

Al cap d'una estona, en Black va donar l'ordre que abandonessin la nau i es dirigissin, en tres cotxes, cap al solar. No calia utilitzar la sortida posterior: les encarregades d'atendre els visitants al vestíbul havien comprovat que no hi havia moviments sospitosos als afores de la fàbrica. Els cotxes estaven al pàrquing, a l'esquerra mateix de la porta d'entrada. En Black va decidir en quin vehicle aniria cadascú. Els de seguretat pujarien en una de les furgonetes camuflades amb el logotip de la marca de pinso.

Es van posar en marxa. La Gasela caminava al mig de tots, i anava armada. També ho anaven els dos orientals i el jove de negre. La Gasela va voler tenir la Sara Boixeda al seu costat. Van travessar els passadissos de la nau. L'ambient era d'histèria: tothom teclejant a l'ordinador i parlant per telèfon. Les pantalles gegants havien deixat d'emetre imatges.

Les dones del vestíbul havien rebut l'ordre de tancar la porta metàl·lica de la nau quan s'havia sabut que la policia els havia descobert. La Diana, agafada de la mà del seu pare, tremolava com una fulla quan aquells dos orientals que semblaven dos armaris van empentar la porta corredissa per obrir-la.

L'única cosa que va clissar la nena era que s'havia fet nit. Gairebé no va tenir temps de pensar res més. Només havien donat un parell de passos fora de la fàbrica quan una potent bombeta de llum blanca li va ferir els ulls. Va ser com rebre l'impacte d'un flaix potentíssim i constant. Un flaix que no s'acabava mai. Protegint-se els ulls amb el braç que tenia lliure, la Diana va provar de veure el pare, però la claror era tan forta que no ho va aconseguir.

Algú va començar a disparar. Els trets provenien de la seva esquerra. Mai no havia sentit un tret en directe, la Diana. Allò que passava a les pel·lis, ara ho experimentava a la realitat. De tota manera, els trets sonaven esmorteïts enmig d'aquella llum tan forta. Com si la mateixa llum distorsionés els sorolls i les veus, perquè la nena sentia crits en anglès que no podia entendre, però eren crits ofegats i en sordina, allargassats com els crits d'un fantasma. Aquella llum tan forta també provocava calor, i suor, i picor als ulls. No veia res del que tenia al davant. Sabia que era al carrer, perquè abans de cegar-se havia fet un parell de passes fora de la fàbrica, però aquella llum tan bèstia esborrava els carrers, les cases i els arbres. La Diana no veia absolutament res: era com si provés d'obrir els ulls davant una pantalla blanca i lluminosa. Tampoc semblava que estigués a l'exterior, ni que fos de nit.

Va rebre una forta empenta de la persona que caminava darrere seu, un dels pinxos armats que els havien de protegir. La mateixa persona també va empentar el seu pare, i tots dos es van veure per primer cop quan eren a terra, cara contra cara, l'una a tocar de l'altra. La cara desencaixada del seu pare era de color blau, i la nena va recordar un efecte òptic que els havia explicat la mestra a classe: una glacera es pot veure blava de tant blanc com és el gel. Això és el que li devia passar a la cara del pare, i segurament a la seva també, sota l'efecte d'aquella llum. El pare li va passar un braç per sobre el cap. La persona que els havia empentat disparava contra el no-res il·luminat.

De seguida va notar la presència d'altres cossos que provenien de la llum. Cossos de color blau fosc que pertanyien a éssers emmascarats que la van immobilitzar i, a continuació, la van arrossegar fora de la resplendor.

Mentrestant, la Sara Boixeda, que en experimentar l'impacte de la llum va pensar que es quedava cega de per vida, es va protegir instintivament darrere el cos de la Gasela nipona. La seva excompanya sempre duia ulleres de sol, i la Sara va pensar que potser les ulleres la protegien de l'impacte d'aquell focus tan potent. La Gasela, dreta i esvelta enmig de la blancor encegadora, no semblava tenir por i disparava la seva metralleta. Arrapada als malucs de la incombustible Huri, la Sara, sense ser-ne del tot conscient, la utilitzava com a escut.

Enmig d'aquella glopada de llum espectral, tot i que els sorolls i les veus s'esmorteïen, la Sara Boixeda va sentir, en anglès, una exclamació proferida per algú situat a l'altre costat de la claror. Només foren un parell de frases curtes i seques que la van posar en alerta.

–Reduïu la Gasela! Dispara a l'atzar! Hi ha un nen a la vora!

La Sara Boixeda va pensar en la seva filla, la Diana. Quan van sortir de la fàbrica de pinsos caminava de la mà del seu pare, una mica més enllà, a la seva dreta. La Sara, enmig del caos, no temia per la seva supervivència. Pensava només que la policia els havia aconseguit encerclar enmig d'aquella llum densa, i que de seguida es faria amb el control de la situació. Però el crit d'aquell desconegut, ben segur un dels alliberadors que combatien en primera línia, la va encarar amb la realitat més propera, el present perillós, el minut exacte en què ella i la seva família es trobaven enmig d'un intercanvi de trets que podia resultar fatal.

La Sara es va dir: «Només falta que aquesta maleïda sonada dispari contra la meva filla». I aleshores es va treure la pistola que guardava a la butxaca de la caçadora. La va empunyar, va treure el fiador, i va disparar dos trets a boca de canó contra l'esquena de la Gasela, que va caure abatuda al seu costat.

18

–Vens o no, a buscar el teu germà?

El pare va entrar a l'habitació i es va trobar la Diana ajaguda al llit, mig endormiscada.

–Què li passa a la nena? –va preguntar a la seva dona, que en aquell moment treia el cap per la porta.

–No res. Que li he explicat una història que no li ha agradat prou. I s'ha enfadat.

–No m'he enfadat –la va contradir la nena.

–Doncs ja t'està bé. Un altre dia no li expliquis cap història –va fer el pare.

–A mi m'agraden les històries que explica la mare. Però la que m'ha explicat avui...

–La que no he pogut acabar d'explicar-te avui, voldràs dir...

–Vens o no vens? L'avió arriba d'aquí a tres quarts d'hora –va insistir el pare.

La Diana estava de més bon humor, però deixant de banda que li feia mandra vestir-se, pujar al cotxe, anar fins al Prat i esperar dreta que arribés en Pol, hi havia la qüestió de la història que la seva mare i ella s'havien inventat i que tant l'havia colpida. En Pol arribaria, i els pares li farien mil preguntes, i ell explicaria amb detall tot el cap de

setmana, i evidentment no diria res de la Gasela, d'en Rufus, d'en Jorge o de l'Eagle, tots els personatges que havien conviscut dins la seva ment les darreres vint-i-quatre hores. En Pol parlaria de la Giovanna, dels *pubs*, dels museus, dels autobusos de dos pisos, de les cabines de telèfon vermelles, del canvi de guàrdia a Buckingham Palace i coses així. Tota la realitat de la ficció es perdria.

La realitat de la ficció. Aquesta expressió la utilitzava sovint la mare quan estaven a l'estudi, ella embrancada en els seus dibuixos, i els seus fills absorts en les pàgines d'un llibre.

–Ara mateix –solia divagar de cop la mare– estem convivint amb uns éssers que no existeixen. És o no és curiós, això? Perquè, tot i que no existeixen, nosaltres els estem coneixent, els estem seguint, estem participant de les seves emocions, de les seves vivències. I, en canvi, són personatges de ficció. Cap d'ells no ha nascut en una clínica, ni li han donat el pit, ni ha après a caminar o a dir «mama». No. Tots ells provenen d'un lloc tan misteriós com és la ment de l'escriptor o del dibuixant. Allí és on s'han creat, s'han format i han après. Els seus pares no són de carn i ossos. Els seus pares són les experiències, els aprenentatges, la sensibilitat i el geni d'un creador. I la gràcia de tot està, fills meus, en el fet que aquest pensament que us exposo en veu alta, no és gens important a l'hora de gaudir d'una bona història. No cal ni és preceptiu pensar en això cada vegada que obres un llibre o contemples un dibuix. Més aviat seria contraproduent ferho com a norma. No, no: la gràcia de la creació, de la ficció pura, és que queda tan eclipsada per la realitat i consistència dels personatges i les situacions, que ningú no s'adona que tot allò que llegeix és inventat i no ha passat mai.

La por de perdre l'encant de la ficció va fer decidir la Diana a quedar-se a casa i esperar que en Pol tornés cansat d'explicar la realitat a seques als pares durant el trajecte en cotxe. Ja en parlarien demà o demà passat, de les seves experiències.

Però avui encara era avui, es deia la nena, i per a ella era molt més atractiu que en Pol acabés d'arribar de Londres en un vol especial que els havia aconseguit en Jorge. S'havien retrobat just al final de l'atac de la policia contra la fàbrica de pinsos.

Uns minuts abans havia estat a punt de produir-se la tragèdia. En Pol estava amb la pistola a

la mà, mirant sense veure aquell policia que l'amenaçava apuntant-lo amb la seva arma. Tot el que havia viscut durant l'accidentat cap de setmana li estava passant factura: el cansament, l'excitació, els nervis, la incertesa, el neguit. Ell no obeïa les ordres del policia, perquè simplement no el sentia, era com si la seva ment s'hagués quedat en blanc, un blanc tant o més encegador que la llum que els envoltava.

Quan el policia estava a punt de disparar contra el braç del nano, algú va sorgir del no-res, es va llançar contra ell i el va fer caure a terra. El tret es va perdre en la claror densa d'aquell focus tan potent.

Aleshores en Pol va tornar en si i es va veure amb la pistola a la mà, i aquells dos policies a terra, i la seva mare mirant-lo amb esglai, també a terra, sota el pes d'un altre policia que la mantenia immobilitzada. En Pol va tornar a la realitat just quan algú va apagar el canó del focus i l'helicòpter va apagar també el seu. Tornava la foscor a la nit de Londres, tornava la realitat del carrer i de la façana de la fàbrica. Tornava a imposar-se el món real, lluny de la llum que l'havia convertit en un somni de teatre. El policia que s'havia llançat sobre el seu company per evitar que el ferís va resultar ser en Jorge, que s'havia tret la màscara protectora i el mirava alleujat, respirant agitadament.

–Dona'm la pistola, Pol. Amb això no es juga.

En Pol la hi va donar de seguida. Un segon després va sentir l'abraçada nerviosa de la seva germana Diana, que s'havia acostat al grup sense fer cas del soldat que la custodiava. Mentre es deixava abraçar amb fúria pels bracets tremolosos de la germana, en Pol va clissar el somriure de la seva mare. La dona respirava amb dificultat per la pressió del cos del soldat que estava ajagut damunt seu i que li tenia agafades les mans a l'esquena. La Sara Boixeda, tal com havien anat les coses, era sospitosa de pertànyer a la cúpula d'aquells indesitjables, i ben segur hauria de passar per mans de la justícia, perquè aclarís els fets i la declarés innocent de tots els càrrecs que li podien imputar.

Sense llum, sense trets i sota el control de la policia, la confusió inicial s'havia neutralitzat. Els policies i els soldats feien la seva feina; cadascú tenia un objectiu i treballava per aconseguir-lo.

Sota la tutela d'en Jorge i els seus homes, en Pol, la seva germana i els seus pares, bevien un te al vestíbul de la fàbrica de pinsos. Cap d'ells no estava ferit, però tots havien deixat anar més d'una llàgrima en retrobar-se en aquelles circumstàncies.

–La Gasela no és morta –els va explicar en Jorge–. Algú li ha disparat un tret per l'esquena, però no li ha afectat els òrgans vitals. Ha d'haver estat algun dels seus, per error. Es recuperarà i serà jutjada. La resta de la tropa va camí de la comissaria, i ben segur que a tots els cauran penes de presó. Els comandaments estan satisfets: l'Operació Kyoto s'ha saldat amb èxit i sense víctimes. La policia del Regne Unit és competent.

–Què em passarà a mi? –va preguntar la Sara Boixeda.

–Haurà de declarar, igual que la seva amiga Giovanna Rognoni. De moment està en llibertat sense càrrecs, i pot tornar avui mateix a la seva vida diària. Per més que hi rumio, no entenc la seva estratègia, ni valoro el fet d'haver arriscat la vida per...

–Jo volia...

–No m'ho ha d'explicar a mi, sinó a la justícia. No digui res sense haver parlat abans amb un bon advocat. I en Pol s'ha portat com un heroi.

–Jo no he fet res. Tot m'ha passat sense buscar-m'ho.

–En això tens raó. Ets una mena d'heroi per accident! Hi ha una pel·li que es titula així!

–Quan tornarem a casa? –va preguntar la Diana als seus pares.

En Jorge va parlar amb els alts comandaments de l'operació per exposar el cas de la família catalana.

–Si hi esteu disposats, us podem aconseguir quatre passatges per volar a Barcelona en un vol de la British que surt a les dotze de la nit. Si és massa precipitat, us aconseguirem un hotel.

–Jo vull tornar, mare –va dir en Pol, capbaix.

–Me'n puc anar jo també? –va preguntar la mare.

–Sí. Demà la trucarem a casa, a Barcelona. Però ben segur que haurà de venir a declarar la setmana que ve.

En Pol no duia res a sobre. Havia perdut la motxilla i tot el que duia a dins. En Jorge va dir que intentarien recuperar-la. La Sara Boixeda i la resta de la família tenien les bosses a l'Hotel Churchill. En Jorge va aconseguir un cotxe de la policia que els portés fins allí i, en acabar, els traslladés a Heathrow.

–Emetrem uns bitllets electrònics. Només hauran de mostrar els passaports a les taquilles del *check-in*.

–Moltes gràcies per tot –va agrair-li la mare.

–Me'n deus una, campió –li va dir en Jorge a en Pol, i es van fondre en una abraçada.

–Més d'una. No me n'oblidaré.

Un munt de policies i soldats sortien de la fàbrica de pinsos carregant material informàtic, documents i armes. Tots ells, uniformats i diligents, sota els llums giratoris blaus i taronges que coronaven els cotxes amb el distintiu de Scotland Yard, entraven i sortien de la nau desallotjada enregistrant imatges amb càmeres digitals. N'hi havia d'altres que desmuntaven el focus gegant de la casa veïna; uns quants més carregaven els furgons que duien les sirenes engegades. En Pol i la seva família van pujar al cotxe i es van acomiadar d'en Jorge fent-li adeu amb la mà per la finestreta.

***

Quan el pare i la mare van ser fora, la Diana va engegar la tele i no va trobar cap canal la programació del qual li interessés una mica. Va anar a la cuina a beure un got d'aigua i va tenir la idea brillant de preparar una bona amanida com a regal de benvinguda per al seu germà. Li dolia pensar que el Pol que estava a punt d'arribar no era el Pol de l'Operació Kyoto. No era l'heroi per accident, com havia dit el policia, ni havia viscut cap ni un dels episodis que la mare i ella s'havien inventat per donar forma a una ficció. En Pol s'ho hauria passat súper, i vindria content i cansat de veure coses, però no d'haver lluitat contra tantes adversitats. Així era la vida, pensava la Diana mentre tallava l'enciam ben petit, com li agradava a la mare, i el mateix es disposava a fer amb els tomàquets, la ceba tendra, la poma i la pastanaga.

Mentre feinejava, no deixava de preguntar-se sobre els límits de la ficció, tal com els definia la mare. Quan l'escoltava mentre inventava una història per entretenir-la, sempre li preguntava com se li acudien les coses.

–Aquesta és la feina de l'escriptor. Crear un món paral·lel al món real. No cal haver viscut grans aventures per escriure una gran novel·la d'aventures. Jules Verne va viatjar poc, i fixa't tu quines històries s'inventava! No cal haver comès un crim per posar-se en la pell d'un assassí, ni haver viscut un gran amor per escriure la història més romàntica. Tot està a l'interior del cap –i la mare assenyalava la seva closca amb un dit–. Tot és aquí dins, i d'aquí surten totes les històries.

–Però algú que s'inventa una història ha de saber per on començar...

–Evidentment. I no tan sols això, sinó que ha de saber sobre què escriu, i saber com escriure-ho, i estructurar la manera d'explicar-ho, i accentuar segons quins passatges o quines actituds. Darrere una novel·la hi ha feina, Diana, moltes hores de feina. De vegades és feina d'anar amunt i avall buscant informació; d'altres és feina de centrar-se i fer intel·ligible allò que es vol explicar. L'experiència personal d'aquella o aquell que escriu ajuda, és clar, per narrar segons quines coses. I l'actitud davant la vida també és fonamental. El món de les històries, com t'he dit abans, funciona en paral·lel al món real. Tot surt del cap, OK, però aquest cap pertany a una persona, i aquesta persona té uns sentiments i una manera d'entendre la vida. Fins i tot té un humor, o un defecte físic, o un tret curiós de caràcter. I aquesta persona viu en una societat, i aquesta societat es troba dins una cultura. I aquesta cultura té una història, unes lleis, una política, una religió...

La Diana sempre volia saber fins a quin punt tot això que deia la mare sobre la història personal de l'autor o l'autora, o la societat en la qual viu, influïen en l'escriptura. Pensant en això, i quan l'amanida ja estava preparada i a la nevera, la Diana va entrar a l'estudi de la mare. En un prestatge hi havia l'àlbum de fotos dels seus anys a Londres. Volia tornar a veure com era la Yoko, com era Piccadilly Circus. Volia comprovar si la mare s'havia inspirat en les coses que coneixia a l'hora d'explicar-li la història d'en Pol.

La mare era molt jove a les fotos i anava vestida a la moda d'aquells anys. Coses, pensava la Diana, que ara no es posaria ni boja. Contemplant les imatges que havia vist tantes vegades, es preguntava si s'havia inspirat en el rostre de la Yoko

per crear el personatge de la Gasela. Una dona baixeta, vestida de negre i amb el cabell llarg i llis, i els ullets ametllats típics dels orientals. Va decidir que no, que la Gasela havia de ser una dona molt més espectacular, més atractiva. Aquella Yoko d'aleshores era més aviat poca cosa. Amb elles hi sortia també la murciana, la Belén, la que tenia èxit amb els nois. De nois també en sortien, a les fotos, rient i abraçant-les, brindant amb copes de cava o passejant per la riba del Tàmesi. N'hi havia un que li va recordar l'Oliver, una mica *hippy*, rossenc, mal vestit, amb una camisa llarguíssima que li arribava gairebé als genolls.

Passant els fulls de l'àlbum va reconèixer alguns monuments, com ara el Big Ben i Buckingham Palace, on feien el canvi de guàrdia de la reina. Hi havia imatges de la Torre de Londres i el pont sobre el riu. Un pícnic a Hyde Park. L'entrada del museu de cera...

La Diana, enfilada en una cadira, va tornar a desar l'àlbum on l'havia trobat. Quan estava a punt de baixar, els ulls se li'n van anar al llom d'una carpeta que hi havia a la vora, al prestatge de sobre. Segurament hi havia passat la mirada moltes vegades quan era a l'estudi i acabava de llegir un llibre i es quedava capficada en la història. En aquells moments en què la mare deixava el que estava fent sobre la taula de dibuix i li demanava si ja havia acabat de llegir, i que li expliqués de què anava el llibre, si li havia agradat, i per què.

Però aquell vespre, enfilada a la cadira, la visió d'aquella carpeta li va cridar l'atenció. Es tractava d'una carpeta negra bastant gruixuda amb un adhesiu al llom que posava «InEXFREE». A la Diana se li va escapar un somriure. «InEXFREE!», va pensar, «d'aquí ve el nom de l'empresa!». Contenta amb ella mateixa i sentint-se una mica un detectiu que acaba de trobar la pista definitiva per aclarir un cas, va agafar la carpeta i va baixar de la cadira. Asseguda a la seva butaca, la que ocupava sempre que estava a l'estudi amb la mare, i amb la carpeta a la falda, va anar passant fulls. Era una carpeta d'anelles, com les que feia servir la seva professora de llengua. Els fulls que contenia estaven ficats, un per un, dins un plàstic transparent que els protegia. Es tractava de factures, o alguna cosa semblant, que li van recordar els documents que en Pol i en Jorge van consultar a l'ordinador

de ca la Melissa. Cada factura, o el que fos, estava escrita en anglès, i constava d'un munt de lletres i números que ella no entenia. Anaven encapçalades per les dates d'emissió i duien el nom de l'empresa InEXFREE. Co, i una adreça. La Diana no en va tenir cap dubte: la mare s'havia inspirat en aquelles factures per inventar-se aquell passatge de la història. Va pensar que devia ser una editorial anglesa. La mare havia publicat a Anglaterra, i havia viatjat sovint a Londres per qüestions de feina.

Un dels darrers fulls era una carta en castellà: Julien Black, mànager de l'empresa InEXFREE, presentava al senyor H. M. Dexter la Sara Boixeda. Li deia que la senyora Boixeda el rebria a Barcelona i que li facilitaria les gestions. A la Diana se li va escapar un altre somriure: aquella carta de presentació també havia aparegut a l'Operació Kyoto. «Com és la mare! Diu que s'ho inventa tot i és mentida! Simplement es recorda de les coses i les aprofita!». La Diana va pensar que tots els escriptors devien fer el mateix.

Va anar a deixar la carpeta, però se li havia despertat el cuc de la curiositat. Enfilada a la cadira i mentre la desava al seu lloc, va tafanejar la resta del material que tenia arxivat la mare i que guardava als prestatges de l'estudi. Carpetes amb originals; primeres edicions dels llibres que havia il·lustrat; contractes i factures... El seus ulls van ensopegar amb una altra paraula que li va cridar molt l'atenció, *Kyoto*, i que estava escrita a mà i a correcuita sobre el llom d'un àlbum de fotos. La mare li havia explicat que Kyoto era el nom d'una ciutat del Japó. Com que a la història hi sortien molts japonesos, a la Diana no li havia estranyat gens ni mica que la mare hagués anomenat Operació Kyoto l'operació policial destinada a desmantellar la xarxa dels mafiosos.

Va agafar l'àlbum i va tornar a la butaca, cada cop més motivada en el seu paper d'investigadora. A la primera pàgina hi havia fotografies d'un viatge: paisatges, temples orientals, una mena de parc ple de micos. A la segona pàgina hi sortia la mare enmig d'un carrer. Tant per les persones que passaven pel seu costat com per les lletres dels rètols de les botigues del darrere, allò devia ser algun lloc de la Xina o del Japó. Aquesta segona pàgina l'encapçalava un dibuixet fet per la mare en el qual es veia un avió que sortia d'un punt anomenat Barcelona, que feia escala en un punt anomenat Frankfurt i que arribava a un punt anomenat Kyoto.

La Diana no sabia que la seva mare hagués estat mai al Japó. Com a mínim des que ella havia nascut. La mare, a les fotos que estava mirant, no era una noia jove com a les de Londres, sinó que tenia més o menys l'aspecte que té ara. Aquelles fotos no eren del passat, d'abans que ella naixés. De fet, va descobrir una de les bruses que encara es posava avui en dia, i la bossa de mà de Tous que li havia regalat la tia Mercè per un aniversari. Quan havia anat al Japó, la mare? Hi havia anat d'amagat? Una mena de núvol negre va emboirar per uns moments els pensaments de la nena. Hi havia alguna cosa que li feia por, però no podia precisar què era.

La mare havia estat al Japó, no en tenia cap mena de dubte. Una de les fotos estava feta a l'aeroport de Kansai, Osaka. Aquest nom constava en un panell informatiu que tenia al costat. I no hi havia anat sola, sinó amb el pare. Tots dos estaven fotografiats en aquell aeroport netíssim on les paraules dels rètols estaven escrites en anglès i en japonès. El pare duia la samarreta de Tommy Hilfiger que li havia regalat l'àvia feia dos o tres nadals.

La Diana, sense passar pàgina, va estar pensant quan, en els darrers tres anys, els pares havien pogut viatjar al Japó sense que ella ho sabés. Era impossible. Els pares els ho haurien dit, i haurien dut algun record d'un lloc tan exòtic. No. Mai no havien parlat d'Osaka o de Kyoto.

Si aquell parell de pàgines l'havien sorprès, més ho feren les següents. També eren fotografies. En una d'aquestes, davant el que semblava el taulell de recepció d'un hotel, Kyoto Ressort, els pares s'havien fotografiat amb la Giovanna i un noi rossenc. La Giovanna i aquest noi s'abraçaven i reien. Ell, vestit molt *hippy* i amb collarets, duia una targeta identificadora a la camisa. La Diana va apropar els ulls per provar de llegir el que hi havia escrit. Era tan petit que gairebé no es veia.

Va anar a la taula de dibuix i va buscar la lupa que la mare feia servir quan es tractava de pintar detalls. Amb la lupa a la mà, la Diana va tornar a mirar la foto. A la targeta que duia el noi a la camisa hi deia «Oliver Cooldrige. InEXFREE management».

Es va tirar enrere, una mica espantada. O potser no espantada, però sí confosa. Va deixar vagar la mirada sense fixar-la en cap punt concret de l'estudi. «L'Oliver existeix», es va dir. I, a continuació, en mirar de nou la fotografia de la recepció de l'hotel, encara va descobrir un detall més preocupant: els seus pares també duien un distintiu identificador a l'americana. Amb neguit, la Diana va aproximar la lupa a la fotografia. Sara Boixeda. InEXFREE management, Guillem Pizarro, InEXFREE management.

A la fotografia següent, els quatre d'abans seien en una taula ben parada i amb companyia. Una dona jove, que devia ser una cambrera vestida amb quimono, estava dreta darrere d'ells, i un home gran, occidental, amb barret, seia a la taula, al costat de la mare. No duia distintiu a la camisa.

La fotografia de la pàgina següent tornava a ser descoratjadora: l'oriental que havia confós amb una cambrera era en realitat l'encarregada d'empènyer la cadira de rodes de l'home gran del barret. «En Rufus!», va pensar la Diana. Estaven tots sis, cinc drets i un assegut per força, en una terrassa il·luminada amb fanalets de colors, al costat d'una piscina.

Quan havien anat a Kyoto, els pares? I per què duien el distintiu d'aquella empresa si no hi treballaven? I si els havien convidat a través de la Giovanna i s'havien posat aquells distintius falsos per fer veure que formaven part del grup? Encara que fos així, hi continuava havent el problema de les dates. Quan hi havien anat? Per què no ho havien dit als seus fills?

La Diana va fer memòria i se li va ocórrer una data: feia tres anys, al mes de juliol, va coincidir que en Pol estava de colònies amb l'esplai i ella havia anat a Disneyland París amb els avis. Sí, ara ho recordava perfectament. Però havien parlat per mòbil els uns amb els altres, i els avis no li havien dit res del viatge al Japó. Ben segur que els avis eren còmplices de l'escapada i li ho havien amagat perquè encara era petita i es podia enyorar. Sí, va pensar la Diana, aquella era l'única explicació. Però per què no ho van dir a en Pol?

Les fotografies següents la van deixar més parada. El pare ja no hi sortia. La mare sí, però amb roba d'hivern. En una duia una gorra de llana i tot. La mare sempre apareixia en companyia

d'una dona japonesa que no havia sortit fins a aquell moment. Una dona que la Diana va pensar de seguida que podia tractar-se de la Gasela nipona: atractiva, amb ulleres fosques, pintada. Duia roba molt extremada. La mare i ella s'agafaven per la cintura a la majoria de les fotos. En una d'aquestes, feta a l'interior del que podia ser una sala de convencions, totes dues anaven amb vestits llargs. I duien el distintiu d'InEXFREE a l'alçada del pit. La Diana va llegir, commocionada i amb l'ajuda de la lupa, que la dona japonesa es deia Yoko Ishumura. Es va aixecar corrent de la butaca i es va enfilar a la cadira per tornar a agafar l'àlbum de Londres. Va passar els fulls de pressa, fins a arribar a les fotos de la Yoko per comparar les dones de les dues fotos. No s'assemblaven gens, però podien ser la mateixa persona. Aleshores va recordar que a l'àlbum de Londres la mare havia escrit títols i comentaris al costat d'algunes de les imatges. En una d'aquestes, amb la lletra de la mare, hi havia la llista de persones que hi apareixien. L'única oriental es deia Yoko Ishumura.

Del mateix hivern devien ser les fotos a les quals, juntament amb la mare i la Yoko, hi sortia la Giovanna, acompanyada i feliç al costat d'un paio que no era l'anomenat Oliver, sinó un de més gran i sense un pèl al cap. «En Samuel», va pensar la Diana. En una de les fotos, mentre la mare i la Yoko xerraven amb una copa a la mà, la Giovanna i el calb es besaven a la boca.

Més endavant sortia la mare amb un altre tall de cabell. Ja no anava amb abric, sinó més primaveral. Apareixia sempre amb la Yoko en llocs diferents, vestides diferent. Sempre molt amigues. La qüestió, es va plantejar la Diana, era que la mare havia viatjat amb una certa regularitat a Kyoto i que no havia parlat mai, als seus fills, d'aquells viatges. La mare viatjava sovint a fires del llibre i a presentacions d'àlbums il·lustrats, però mai no els havia dit que anava tan lluny com al Japó. Això era molt estrany, perquè la mare de la Diana i en Pol els havia tractat sempre com dos adults i havia imposat una relació de confiança mútua des que eren molt petits.

Va passar les pàgines de pressa fins que es van acabar les fotografies: potser quedaven deu fulls sense ni una imatge. Al final de tot, però, units mitjançant un clip metàl·lic a la contracoberta, hi

havia retalls de diari. La Diana va treure el clip i va anar mirant full per full. La majoria estaven en anglès, i no va poder llegir ni els titulars de les notícies. Perquè allò que guardava la mare eren notícies, d'això n'estava segura. N'hi havia una en castellà. Pertanyia al diari *El País*, la mare ho havia escrit a mà a la part superior dreta, i la notícia es titulava «Yakuza cultural». La Diana no sabia què significava aquella paraula i, per tant, no entenia el significat de la notícia. Va provar de llegir-la sencera, però de seguida se'n va cansar perquè no entenia res, només que havien caigut els caps d'una màfia japonesa a la ciutat de Kyoto que no tan sols feien negoci amb drogues i armes, sinó també amb *bienes culturales*, va llegir, com ara obres d'art, falsificacions i, fins i tot, llibres infantils i *de autoayuda*. La Diana es va limitar a buscar noms, per si en reconeixia algun, i només va reconèixer InEXFREE, dues vegades, Londres, tres vegades, i Eagle: «*Uno de los* capos*, conocido por el sobrenombre de Eagle, Águila en inglés*», deia el diari.

En un retall d'un diari anglès, hi havia dues fotografies. Una devia ser una vista de la ciutat de Kyoto, perquè els rètols estaven escrits en japonès. L'altra mostrava un home oriental escortat per dos policies també orientals, que caminava capbaix, emmanillat, les mans juntes a l'engonal, mentre els dos policies el portaven agafat pels braços. Els altres retalls de diaris estrangers no duien fotos.

La Diana es va quedar uns minuts ben quieta, amb l'àlbum de Kyoto a la falda. Barrinava sobre tot el que acabava de trobar i que no sabia. O sí que ho sabia. O sí que s'ho podia imaginar. Es preguntava fins a quin punt la història inventada de la mare tenia connexions amb la realitat, amb aquelles fotos i aquelles notícies del diari. Què hi feia la mare a Kyoto? Per què hi anava sense dir-ho a ningú? Era una col·laboradora d'aquella colla d'indesitjables? La mare no havia anat a la presó; ningú no havia vingut mai a detenir-la per endur-se-la emmanillada. La mare, si hagués comès algun delicte, hauria d'haver donat explicacions a la justícia. Res de tot això no havia passat. La mare era lliure, innocent. La mare era una il·lustradora de llibres infantils que vivia a Barcelona i treballava per a editorials, i guanyava un sou pels contractes que signava. La mare tenia un estudi, i un marit, i dos fills. La mare planejava les vacances d'estiu i,

de tant en tant, organitzava trobades amb els seus companys de professió, que venien al vespre a casa i obsequiaven els seus fills amb els darrers llibres que havien publicat. La mare i els seus amics s'estaven fins a altes hores a la sala d'estar, bevent, fumant i xerrant.

Aquella era la vida de la mare. Si més no, la que la Diana i en Pol coneixien.

«Ben segur que tot té una explicació», es va dir la nena, «ben segur que és alguna cosa de la Giovanna, dels seus amics. La mare hi devia ser per casualitat».

La Diana s'estimava molt la mare.

Era la millor inventant històries.

Va sonar el telèfon. Els timbres la van espantar. Es va aixecar d'un bot, va deixar els àlbums on els havia trobat i va anar a despenjar l'auricular.

–Digui?

–Diana? Soc en Pol.

–Pol! Ja has arribat?

–On són els pares? No veniu a buscar-me?

La Diana es va espantar una mica, però ho va dissimular prou bé.

–Els pares han marxat cap a l'aeroport ja fa una bona estona. No els has vist?

–No. Fa deu minuts que he sortit, i aquí no hi són. Deuen haver trobat trànsit per l'autovia.

–T'ho has passat bé, Pol?

–Molt bé. Ja us ho explicaré. Esperaré aquí, al costat de la sortida. La mare no contesta al mòbil, per això he trucat aquí. Penjo, nena, que això costarà una pasta.

–Pol?

–Què?

–Sabies que la mare...

–Que què?

–No res.

–Penjo, nena.

–Fins ara.

La mare era la millor explicant històries. En Pol esperava al costat de les portes automàtiques que a cada moment s'obrien per deixar sortir gent amb maletes. Alguns eren rebuts amb exclamacions i aplaudiments dels familiars o amics que els esperaven. Era estrany que un diumenge al vespre hi hagués trànsit a l'autovia en direcció a Castelldefels. En direcció a Barcelona era més normal, per la gent que tornava de passar el cap de setmana a fora. Potser hi havia hagut un accident.

Quan feia ben bé vint minuts que esperava i s'havia allunyat de la porta, li va semblar veure passar el pare per davant de l'escultura del cavall gras de Botero. No anava sol. Caminava al seu costat, frec a frec, un oriental altíssim. En Pol va cridar «Pare!» un parell de cops, però l'home no el va sentir. Va seguir-los a grans gambades, però els dos homes caminaven de pressa, ben segur que es dirigien a un objectiu concret. En Pol es disposava a cridar una tercera vegada quan va veure que s'acostaven a dues dones que feien cua davant un taulell de Lufthansa. En Pol va reconèixer la seva mare, que feia cara d'amoïnada i duia les ulleres de sol posades. L'altra dona era una japonesa o xinesa a qui no havia vist mai. Estaven facturant l'equipatge i en Pol, sorprès, va reconèixer la maleta de la mare, la que s'emporta sempre que surt de viatge.

Va alçar els ulls al monitor d'informació on apareixien les diferents sortides i arribades de vols. Al cap d'una hora sortia un avió de Lufthansa amb destinació a Frankfurt. Pensaven agafar un avió, els pares? Se n'anaven de viatge? Sense ells? Qui eren aquells orientals?

En Pol, immòbil, amb la motxilla als peus, observava aquell grup de persones. Potser s'havia confós. Potser no eren els pares, i només s'hi assemblaven. Potser tot era producte de la seva imaginació.

Índex

Àngel Burgas

Autor

Va nèixer a Figueres. Llicenciat en Belles Arts per la UB, realitza una estada de dos anys a Berlín com a alumne convidat de la HDK (Hochshule der Kunste) just durant la caiguda del mur. Comença a publicar l'any 1999, amb el recull de contes *Show* (1999). *Adeu* (2002), també un recull de contes, guanya el Premi Mercé Rodoreda 2001 i el Crítica Serra d'Or 2003. Per a joves ha publicat *Petites històries del globus* (2001), *l'Anticlub* (2002), *Petites històries subterrànies* (2003) i *MAX* (2004), Premi Joaquim Ruyra 2003. Ha escrit teatre (*Fun Club* (2001), *Una peça de Jenny Hollan*, Premi Francesc Viñas 2004), *La fi d'Europa* (2006) i *El club de la cistella* (2007). Compagina l'escriptura amb la docència. Col·labora esporàdicament en premsa i escriu texts per a catàlegs d'art contemporani.

Aquí s'acaba aquest llibre
escrit, il·lustrat, dissenyat, editat i imprès
per persones que estimen els llibres.
Aquí s'acaba aquest llibre que tu has llegit,
el llibre que ja ets.